JN324120

JA

# 神林長平トリビュート

虚淵 玄・円城 塔・辻村深月・他

早川書房

7003

# 目次

序文――敬意と挑戦……神林長平 7
狐と踊れ……桜坂 洋 13
七胴落とし……辻村深月 57
完璧な涙……仁木 稔 91
死して咲く花、実のある夢……円城 塔 131
魂の駆動体……森 深紅 167
敵は海賊……虚淵 玄 201
我語りて世界あり……元長柾木 233
言葉使い師……海猫沢めろん 275
各篇・巻末解説……前島 賢

# 神林長平トリビュート

# 序　文——敬意と挑戦

　自分の死後の世界を見てみたい——そう思ったことはないか？　新作を書き出すきっかけとなるのは、ぼくの場合、たとえばそのような問いかけだ。他人に訊くのではないから、自問ということになる。なぜ問うのかと言えば、自分では答がわかっていないからだ。わかっているなら解答は一言で済み、それでは小説にはならない。つまりはそういうことだ。自問に対する自答、それがぼくの小説になっている。

　小説家というものは本来、このような楽屋話、創作の裏側や自らの創作観といったものを直截に披露することは、あまりない。そんな暇があったら小説を書きたいし、そうすべきものであるから。ところが、長年書き続けていると否応なく〈そんな暇〉ができてくるものであって、それは良く言えば余裕であり、悪く言うなら創作力の衰えであるかもしれない。どちらでもあり得るなら悲観的な解釈を選択することはないのであって、前向きに捉えるというものだろう。

そう開き直れるのは最近流し読みしたある哲学書の序論に勇気づけられたからで、そこにはいわく、自分がやってきた哲学とは何かという問いを立てるのは哲学者その人にとって最後の、とっておきのものなのだ、とあり、続いて、哲学者ならずとも、作家でも、画家でも音楽家でも物理学者でも、老境にいたってそれまでの実績をまるっきり否定するような、とんでもない仕事をし出すことがあるが、それはもう彼らが、そのようなことができる自由と権利を得たからに他ならない、なのだそうだ。これは現在のぼくの耳にとても心地よい考えであって、〈いままで自分がやってきたこととは何か〉を考える暇ができたというのは、ようするに、そういうことなのだと解釈すればよいのだ。

自分が今までやってきたことの意味——を問える境涯に至るまで、哲学者、作家などといった創作者でいられるのは仕合わせなことだ。頭に「お」をつけて〈お幸せなやつ〉と揶揄する人もいるだろうが、それも間違っていないとぼくは思う。運良く現在も生き延びているあなた、いま生存している全人類に対しても同じことが言えるだろう、いままで生きてきた意味とはなにか、いま人間をやっている意味とはなにか——そう自らに問える(そんな暇がある)のは、人間として仕合わせなことであり、お幸せなやつだと揶揄されたりもする境遇であろう。

人間とは結局のところそういうものだ、とわかったように言ってしまっては、もはや新作は書けないと白状したようなものなので断言はしないでおく。わかったような顔をしていればいいのだ、そうした権利をすでに自分は得ている——などとも、とてもおこがましくて言えない。にもかかわらず、こんなことをうだうだと書き連ねているのは他でもない、本書の存在が〈自分の仕事とは何であったのか〉を思い起こさせずにはおかないからだ。

現在最先端で活躍中の若手作家が、かつてぼくが書いた作品群から好きなタイトルを選んで、それを基に新たな作品を書き下ろす。本書はそうしたアンソロジーなのだ。

自身の名が冠せられたトリビュート作品集となれば、これはもう当人には名誉なことであり、そのような力が自作品群に本当にあるのかと疑心暗鬼になることでもある。もし誰にも書いてもらえなかったらどうするのだ、こんな企画はサイン会に誰も来てもらえないことよりも恐ろしいと、実際に企画が動き始めてから気がついたのだが、無事、こうして実現してみればなんとも嬉しいものである。作家を続けているとこんな僥倖に恵まれることもあるなどとは、三十年前、小説とは一体どう書けばよいのだと悩みながら書き始めた自分には、想像すらできないことだった。作品を寄せてくれた各氏には深く感謝している。

その八氏による八篇の作品に触れてまず感じたのは、ここには現在《いま》がある、という強い印象だった。ぼくの作品を現代流に換骨奪胎するとこうなるのかといった感慨や感想が浮かぶのは、そのあと、じっくりと読んでからのことだ。

いま活躍中の若き作家たちの手になる作品といえば、そこに二十一世紀初頭という現在の空気が反映されるのは当然だろう。若者は、その空気がどんなものであれ、とにかく未来を目指して現環境を生き延びねばならないという宿命を負っている。必死である。それが、作品に出るのだ。が、おそらく書き手自身は、そうしたことはあまり意識していないと思う。かつて若き日のぼくは、そうだった。そのような、自分はいまという時代を活写しているのだ、などということを意識する〈暇〉も〈余裕〉もなかった。先にうだうだと書き連ねたとおり、そうしたことが見えるようになるのは、ぼくが〈もはや時代についていけない〉と揶揄される状態に近づいているからで、いやいや、ぼく自身の関心はいまや〈時代についていく〉ことなどにはない、その先にある〈普遍〉にあるのだとうそぶくだけの自由を得つつあるから、である。

窮極の普遍とはなにかといえば、それは〈死〉であろう。死と普遍、その対極にあるものはなにかといえば、それは、生と破格である。〈破格〉とはバリエーションのことだ。多種多様性、なんでもありの可能性、活きの良さのことだ。ここに収録された作品群にはそれが、ある。

個別に八篇を読めば、これはもう、各作家の個性が見事に表現されていて、驚かされる。神林作品と関連させて書かねばならないという枷が嵌められていてなお、これだけのものを書いてくるというのも、プロである各氏に対して失礼だろうが、これはやはりすごいことである。枷があってなお、これほどのものなのだ。枷を外せば——言うまでもなかろう。

本書を手に取ったあなたには、ぜひ各氏のオリジナル作品、各氏の本を読んでもらいたい。買って損のない、神林作品とは〈破格〉な世界がそこに広がっていることを、ぼくが保証する。これが同じアンソロジーに書いた作家たちかとびっくりするほど、各氏の作風や関心や文体その他もろもろも、違う。それを実際に体験してほしい。あなた自身の世界がそれによって拡張されるのは間違いない。世界が広がるというのは自由空間が広くなるということであり、ようするに、生きやすくなるということである。いま不自由さや閉塞感にさいなまれている人にはとくにお勧めだ。まずは本書を読むことから始められたい。

多様性こそが生きていくために必須な戦略ならば、文芸の世界もまだまだ大丈夫だと思わせる、各氏各様の活躍だ。ぼくの作品の力によってこうした破格、多様性が生じたのなら、これは、少しだけ（大いに、と言いたいところだが各氏に影響を与えたのは神林作品だけではないのは明らかだから、そこまでは言わない、言えない）自慢してもいいことなのではなかろうか。

その多様性を生じさせる核になるものはなんなのか、ぼくの作品の中の、なにがそのようにさせるのか——それを本格的に考察するだけの余裕も暇もいまのぼくにはないのだが、ただ一つだけ、たぶんそれは、ぼくの作品の書き方、件《くだん》の「自問自答が小説になっている」という小説作法と無関係ではなかろう、と思っている。それより先については、だからいまはそんなことを考えている余裕はないので、わからない。

ところで冒頭の問いかけだが、なぜこんな設問を思いついたのかといえば、そう、ぼくが本書の各作品を読む行為はまさしく「自分の死後の世界」をのぞき見ることに匹敵する、という想いからである。

自作が時代を超えてどのように引き継がれていくのか——そうしたことは普段は意識しないようにしている、自作などすぐに忘れ去られるだろうと思うのは悔しいし、だからといって長く残るとも思えないし、そもそもこんな答の出しようのない考えに浸れるほど暇ではない、猫の世話だってあるし——それを実際に目にすることができるというのは、ある種、奇跡である。天国や地獄があるかどうかなどぼくは知らないし興味もないが、どうやら自作品がみな滅びたあとも自分が書いてきた世界は形を変えて受け継がれるらしいことが、これで確認できたのだから。

作家冥利に尽きるというものである、と言うべきところなのだろうが、実のところいまのぼくは、できることなら過去の自作を全否定するようなとんでもない小説を書きたいものだと密かに思っていて、まだ尽きたくはない、というのが本音だ。自分の力で死後の世界を変えてみせてやろうじゃないか。そう思っている。

二〇〇九年一〇月　安曇野にて　　神林長平

# 狐と踊れ

桜坂　洋

桜坂洋（さくらざか・ひろし）は、七〇年生まれ。『魔法使いのネット』が第二回集英社スーパーダッシュ小説新人賞の最終選考作となり、〇三年に同作を改稿、改題した『よくわかる現代魔法』で集英社のライトノベル・レーベル、スーパーダッシュ文庫からデビュー。携帯電話で魔術を使う現代流の魔法使いを描き、〇九年にアニメ化もされた。〇四年には、同文庫から『ALL YOU NEED IS KILL』を刊行。エイリアンとの戦争中にループする時間に閉じ込められた少年兵を描いた、ミリタリー&時間SFだ。神林長平が「必携の武器は三つ、愛と勇気と戦闘斧《バトルアクス》　高度な技術《スキル》を桜坂洋が披露する。ハッピーなのにほろ苦い、ラストの味は見事だ」と絶賛の帯文を寄せたほか、ライトノベルの枠を超え、各界から高い評価を受け、桜坂の名を一躍高めた。〇九年には日本SFの翻訳出版レーベル **Haikasoru** で英訳され、現在（一二年）、ハリウッドで映画化企画が進行中。

そのほかの作品に、ハヤカワ文庫JAから刊行の青春格闘ゲーム小説『スラムオンライン』（〇五年）、「私小説」「純文学」の解体を目指した、批評家・東浩紀との共著『キャラクターズ』（〇八年）。また〈SFマガジン〉や各種書き下ろし短篇集に、ネット、情報技術を主要モチーフとしたSF、ミステリ等を寄せている。〈新潮〉誌に筒井康隆論を寄稿するなど論客としても知られる。

そんな桜坂の神林作品への熱い想いは『鏡像の敵』（〇五年）の巻末解説を是非、読まれたい。今回、桜坂がトリビュートしたのは、神林の記念すべきデビュー作「狐と踊れ」（七九年・同名短篇集所収）。5Uという薬を飲まなければ、胃が体から逃げ出してしまう、という現象に悩まされる人々を描く原作に対し、桜坂版は、なんと、その逃げた胃が主人公となり、最強の宿主を探して放浪する姿を描く。実にユーモラスだが、胃の移動方法から、戦い方まで考察されている点はちゃんとSFで、一体、胃はどう逃げるのか、という多くの人が原作に抱く疑問を補完してくれる。そうそう、主人公の名前も素晴らしい。私の胃もこんなふうに鳴いてほしいと思う。

# 1

俺はこんなところで終わるような器じゃない。そう思った俺は、長きに亘《わた》り居座りつづけた安住の地を捨て、夕暮れの街に飛び出した。

他者の指令に従い同じ仕事を繰り返すのはもうたくさんだった。昨日とまったく同じタスクを流し込まれ、黙々とこなし、やりきれなかったことをさらに下流のやつらへと押しつける。数十年間、俺がしてきたことといえばただそれだけだ。未来もなければ創造性もない。今日は昨日のカーボンコピーで、明日は今日のカーボンコピー。そうやって、日が経つごとに俺の生は劣化していくのだ。言うならば、俺は、ゲル状の憤懣《ふんまん》で縁まで満たされた器のようなものだった。日毎に一滴ずつ新たな憤《いきどお》りが追加されていき、あるときそれは、突然決壊して溢れだす。それが今日このときだったということなのだ。

もちろん、生まれたこの場に居座りつづければ安泰なのだと主張する者がいることも知っている。俺のこの居場所は、たしかに俺という存在を終身包んでくれることだろう。ひとつところに群れて団塊と化していれば怖いものもない。だが、一日一日磨《す》り減り細くなっていく平均台の上で、みずからの寿命が尽きるときまでならこの台は保つのだと言い張っても空《むな》しいだけだと俺は思う。

鎖に繋がれた隷属の生よりも、飢餓の末に訪れる自由な死を俺は選ぶ。たとえ、ただひとかけらの食いものも喉を通ってやってこずに干からびて死ぬ運命が待っていようとも、だ。俺には、自分の意思で動かすことのできる筋肉がついている。こんなところでは絶対に終わらない。

俺は胃袋。名前はフムン。

そうやって宿主の体を飛び出した俺は、ニンゲンたちがD階と呼ぶ場所へやってきた。薄暗い影の中に樹脂製のダストボックスが浮かんでいた。空き瓶の詰まったプラスチックケースの横に柄の折れたホウキが転がっていた。けたたましい鳴き声とともに逃げていくドブネズミと、ネズミを狙っている野良ネコがいた。足音はするがニンゲンたちの姿は見あたらない。湿度の高い場所だった。上の階層に比べると、剝きだしの内臓器官である俺にはいくぶん過ごしやすいようだった。

胃袋たちは、朽ちた機械がつくりだした空間に丸まり、あるいは草むらで跳ね、あるいはひび割れた地面を転がっていた。俺の数倍はありそうなでかい胃袋もいれば、半分ほどしかないちいさな胃袋もいた。みなニンゲンの体の中から逃げてきた連中だ。なまめかしいピンク色をしているものもあれば、βカロチンの摂りすぎと思われるオレンジ色の個体もいた。寄生時代に負ったらしき縫合手術の跡をこれみよがしに見せて跳ねているやつや、どうやったのか、大彎《たいわん》の中央にドクロのタトゥーを彫っているやつもいた。

一見したところ、胃袋たちは群れているだけのようだった。もっとも、群れているぐらいしかすることがないのかもしれないが。

野良ネコに近づきすぎたひとつの胃袋がシャーと威嚇され、青白く発光しながら暗闇の中へ跳ねていった。狩りに失敗したのかネコは苛立《いらだ》っているようだ。しきりに肩の毛を舐めている。

せっかく手に入れた自由だってのにしけてやがる。俺は思った。

「ここいらじゃ見かけない平滑筋《へいかつきん》だな」

道路の隅にだらしなく転がっていたひとつの胃袋が俺に話しかけてきた。

「新入りだからな。悪いか。名前はフムン」

「いい名だな」

「呼び名がないと面倒だから名乗ってるだけのことだ。本当なら名前なんてどうでもいい。俺の噴門が吹き出す音はそんな風に聞こえるらしいからな」

うそぶいて俺が吐き出した空気は、ひかえめに言ってポフンとしか聞こえない音だったが、まあそういうことにしておいた。

「俺はグッドラック。よろしくな」

その胃袋は琥珀色の液体が詰まった角瓶を抱えていた。他の胃と比べてずいぶんと赤みがかっている。そいつの噴門が吹き上げたアルコール臭い空気は、どこをどう聞いてもグッドラックではなくゲプッだったが、本人がそう主張するのならそうなのだろう。

俺たち胃袋は、興奮して丸まるとき以外は三日月状の形状をしている。べつに上下があるわけじゃないが、食いものが入ってくるほうの管を噴門、出ていくほうの管を幽門という。三日月の外側の弧が大弯、内側の弧が小弯《しょうわん》で、小弯にある鋭く折れ曲がった胃角《いかく》という部分の筋肉を激しく屈伸させてジャンプしたり、あるいはモノをはさみ込んだりすることができる。酒瓶を胃角に巻き込んだグッドラックは、大木にしがみつく南国のドウブツのようだった。

「それでおまえさん、ここへなにしに来たんだ?」

グッドラックは言った。何度も同じ質問をしているのだろう。よどみのない発音だった。

俺はまわりを見渡した。胃袋どもは、緊張感なく丸まり、転がり、ネコに追いかけられたりしていた。宿主の腹を飛び出したときに俺を支配していた熱気が、D階の空気に晒《さら》され急速に冷たくなっていった。輪状筋がきゅっと萎《しぼ》むのがわかった。

「俺は……」

「ちなみに、俺がここにいるのはこいつのためだ」

グッドラックは小弯の上で酒瓶を器用に回転させる。

「俺たちがニンゲンの内臓器官のひとつにすぎなかった頃から、このアルコール様は胃からも吸収されていたんだ。ほんのすこし、ほんのすこおしだがな。他の食いもんは消化してただけだが、こいつは別だ。すなわちアルコールは、ニンゲンなしでも胃袋が自立していけることを証明する物質に他ならないってわけだ」

グッドラックは盛大なゲップを吹き上げた。やつが排出する空気には、気化した濃密なアルコールが混じっている。噴門の入り口がむず痒《がゆ》い。俺はあわてて上下の口をしっかりと閉じた。

胃という器官が消化だけでなくアルコールを吸収する能力を備えているとして、まあ嘘をついても仕様のないことだから本当なのだろうが、血中に入った酩酊物質をエネルギーに変えるにはやはり他の器官の助力が必要だったのではないか。俺はそう思ったが、やつは気にしていないようだった。

「おまえさんはどうする。俺のようにアルコールで暮らしていくかい？　これはこれで悪くないぞ。それとも、がんばって他の食いものも吸収できるように進化するか。そうでなければ、おまえさんはやはり他のセイブツの腹に寄生し、消化活動を手伝う代わりにエネルギーを分け与えてもらう必要があるな」

「そんなのは嫌だ」

「なぜだ？」

「おまえだって逃げ出してきたんだろうに。わかってるはずだ。他者に支配された生を送るのはもううんざりなんだ」

「そいつは考えかたにすぎんよ。なるほど器官としての胃は消化活動の役割しか分担していないかもしれない。だが、俺たち胃袋は寄生される側ではなく寄生する側なんだ。消化という活動は、俺たちがみずから選び取ったのだとも考えられる。食物を探したり生殖したりという面倒なことを宿主に押しつけたというわけだ」

グッドラックは小鸢に複雑な皺を浮かべた。

カタツムリに寄生するある種の寄生虫は、その行動を操り、鳥が見つけやすい見晴らしのいい枝にわざわざ登らせて捕食させてしまうという。そうやって鳥の腸内に移動した寄生虫は卵を産み、排出され、卵混じりのフンをカタツムリが食べることによってふたたび寄生する。またある種の寄生虫は、幼虫の時代をバッタやカマキリに寄生して過ごす。この寄生虫は水生生物であるため、成虫になると、宿主は行動を操られて水辺へと移動し、みずからは溺れながら成虫が水の中へと戻っていくのを手助けする。

食物を摂取しなければセイブツが生きていくことができないのだとすれば、寄生虫が宿主の行動を支配するように、食欲の根源である胃こそがセイブツの行動を支配しているとも言えるのではないか、というのがグッドラックの主張だった。そうした原理をひっくり返すために、胃の自由意思を奪う5Uという薬をニンゲンたちは開発したのだそうだ。

「本当なのか？」

「さあな。元々の宿主だったニンゲンがアルコール中毒だったから俺がアル中になったのか、俺がアル中だったからニンゲンがアルコール浸けになったのか、そんなことはわからんからな」

グッドラックはとぼけている。

だけれどいいことを聞いた。もしも俺たち胃袋がセイブツの行動を支配しているのだとすれば、俺が目指すべきなのは、この世でいちばんの宿主の腹ということにはならないだろうか？　俺は思った。それがなんなのかはさっぱりわからないが、ニンゲンよりも強いセイブツがこの世にはたくさんいることだろう。そいつの食欲を支配できれば、すなわち、俺はここではないどこかへたどりついたことになるのではないだろうか。

さいわいなことに俺の血中にはまだ活力の元が残っていた。食いものを直接噴門から摂取し、やったことのない消化吸収活動をする必要もないし、胃を求めてD階を徘徊する軟弱なニンゲンの腹に収まる必要もない。

どうせ寄生するなら、この世でいちばん強いセイブツがいい。セイブツ？　たぶんセイブツだろう。岩や風の中に同居できるのならそれも考えるが、そいつばかりはちょっと難しそうだ。

## 2

俺たち胃袋が、進化のどの段階で他のセイブツの内部に入り込み、寄生することによってエネルギーを得、宿主の生殖活動によって増殖するようになったのかは定かではない。

一説によると、セイブツというのは、はじめはみな袋みたいな形をしていたらしい。あるとき、その袋の窪んだ部分が貫通して筒状になるという進化をしたのだ。その形状はいま現在も保持されている。俺たち胃袋だけでなく、コンチュウも、サカナも、ドウブツも、言ってみれば複雑な形状の筒であることに変わりはない。

面白いのは、袋から筒への進化の過程で、いちばん最初にあった穴が口になるか肛門になるかでその後の運命が変わったらしいということだ。はじめの穴を口にした連中はその後コンチュウなどに進化し、はじめの穴を肛門にした連中はヒトデなどを経てニンゲンまで進化した。俺たち胃袋の祖先は、どうやらこの過程のどこかしらで寄生をはじめたらしいのだが、いまいましいことに、最初の穴を肛門にしたやつらを宿主と選んじまったのだ。

きたねえな。おい。俺たちの祖先がアナル大好きな倒錯趣味の持ち主だったのか、それとも、口から潜り込んだやつが消化されてしまい肛門からお邪魔したやつが生き残っただけの話なのかはわからない。ともかく、胃袋という強力なパートナーを得た宿主は、その後急速な進化の道をたどっていく。

他のセイブツが内側に入り込むことによってセイブツが進化するというのはよくあることで、たとえば、真核セイブツの細胞の中にはミトコンドリアという器官がある。細胞の外からやってきて寄生したこいつは、セイブツが呼吸活動するのに欠かせない存在だ。逆に言えば、ミトコンドリアが寄生することによってはじめて原核セイブツは真核セイブツへ進化することができたのである。セイブツにとってもっとも大切な消化という役割を分担する俺たち胃袋が寄生してやったからこそ、ニンゲンたちが進化できたと考えてもなにもおかしくない。まあ、証明されているわけじゃないし、すべてはグッドラックの筋肉繊維の中で産まれた妄想かもしれないが。

グッドラックと別れた俺は、この世で最強のセイブツを探すために北へつづく道を跳ねていた。

最強と言ってもつかみどころのない話で、なにをもって強いというのかという定義からしてよくわからない。だが、単純に体が大きなセイブツは小さなセイブツよりも強い可能性が高いだろう。しばらく北に行ったところの農場に、ウシというセイブツがいて、ニンゲンと比べてこいつはずいぶんとでかいらしいとグッドラックが言うので、とりあえず行ってみることにしたのだった。

農場は、だだっ広く、剝きだしの土の上にまばらな草が生えている場所だった。デリケートな胃の表面に鋭い葉先がちくちくと刺さって気持ち悪い。遠くでは、酒を飲みすぎた胃が盛大なゲロをするときの音を数十倍に増幅した咆哮が響きわたり、俺の輪状筋を震わせた。

湿った土の上を俺が跳ねていくと、できそこないのテントに四本の脚をつけたようなセイブツがそそりたっていた。そいつは、焦点があっているのかいないのか判断のつかない黒い瞳で青空を見上げ、絶えず口を動かしている。たしかに人間と比べるとだいぶでかい。こいつがウシというやつに違いない。俺は話しかけた。

「おい、そこのウシ。この世でいちばん強いセイブツを俺は探している。おまえが最強なのか？」

ウシは口を動かしている。しばらくすると、たるんだ腹部から返事が聞こえた。

「もちろん最強だ」

「いや、違うんじゃね？」

「そんなことより、もっと消化してから俺に草をまわせよ」

三種類の答えは、ほとんど同じ場所から、ほとんど同じタイミングで返ってきた。俺はもう一度聞いた。

「俺が探しているのは最強のセイブツだ。ウシがこの世で最強なのか？」

「もちろん」

「違う。ニンゲンに飼われていて、乳を搾取されたり肉を食べられたりするウシはすくなくともニンゲンより弱いはずだ」

「そうかな。個の強さを見れば、どんなひ弱なウシでもニンゲンを突き殺せる。ゆえにニンゲンよりは強いだろう」

「だから未消化の草を俺にまわすなっての」

　ウシの返答はとりとめがない。草まじりの土の上でぴょんと跳ね、俺は噴門から大きな音を出して言ってやった。

「答えはひとつにしてくれ」

「そんなことを言っても──」

「俺たちは一頭のウシの中に複数いるんだから──」

「意見だって複数あってもいいだろう」

　輪唱するようにウシの胃袋が答えた。

「一体につき胃袋ひとつじゃないのか？」

　胃袋たちは失笑したようだ。ぶるんと腹部が揺れ、数瞬遅れてウシの口が盛大なゲップをした。ウシの胃袋は言った。

「モノを知らない胃袋だな。反芻《はんすう》ドウブツの胃袋はひとつじゃない。同じ遺伝子から産まれた兄弟みたいなものではあるが、もちろんそれぞれに意思があり、異論が生じたときは民主主義的手続きによって解決するんだ。俺たちは文明胃だからな」

「許してやれよ。反芻しないセイブツの胃は俺たちと違って孤独に過ごしてるんだ。民主主義に慣れてないいんだよ」

「おっとそれは失礼」

「はいはい。戻すぞー」

「うえええっ！」

胃袋たちはそれなりに楽しそうだ。だが、ウシが最強かどうかはウシ内部でも見解が分かれるらしい。ウシはでかい。でもニンゲンのエサだ。悩んでいる俺の姿を見かねたのか、胃袋のひとつが言った。

「とりあえず俺たちの仲間に入って一緒に反芻してみるってのはどうだ？　どうせ場所は余ってるんだしな。ひとつくらい増えても問題ない」

「ただでさえ狭いのに」

「でも分担が減って楽になるんじゃね？」

「いままでさえ働いてないおまえがなにを言う」

「ばれた」

気のいい胃袋たちだ。だけれど俺は言った。

「好意はうれしいけどやめておくよ。俺はいちばん強いセイブツの中心を目指してるんだ。できるだけ、でっかくて強いやつがいい」

「単純にでかいということなら、ゾウのほうがウシよりもでかいんじゃないかな?」

「ゾウってなんだ?」

「ここよりずっと暑いところにいるセイブツだ。A階にあるドウブツエンに行けば会える」

「ゾウよりカメのほうが大きいんじゃね?」

「だったらカメよりヘビのほうが大きくね」

「おいおい。いっぺんに言うな。ゾウとかカメとかヘビとか、いったいそれはなんなんだ?」

ウシの胃袋たちによると、古代の国では、ゾウが世界を支えていて、その下に巨大なカメがいて、そのさらに下に大きなヘビがとぐろを巻いていると考えられていたらしい。世界を支えるゾウ……というのがそもそもうまく想像できないが、たしかにでかくはありそうだ。

「そういや、以前ここにまぎれこんだちいさなタヌキが、ずっと東のほうにある森で見かけたヘビは、ものすごく長くて、ウシくらいだったらひと呑みにできそうだったと言っていたな」

「東の森だな？　ありがとな！」

俺は跳ねていった。東の方角といっても、北東も南東も東のうちであって茫洋としてよくわからない。よくわからないながら、太陽が昇ってくる方角はどちらかと言えば東であろうと思い、俺は胃角に力を込め筋肉を屈伸させた。やがて、天空に昇る太陽を背に一本の木が見えてくるようになった。

それは、大きなおおきな木で、節くれだち曲がりくねりながら天空に向かって太い幹を伸ばしていた。数え切れない枝には無数の緑葉が生い茂り、それらの隙間からちいさな赤い実が姿を覗かせていた。

疲労で乳酸のたまった筋肉に鞭を打ち、俺は、いつまでたっても近づいて見えない大木に向けて跳ねていく。大木の根元には大きなヘビがとぐろを巻いており、巨大な頭をときどきもたげては、けだるそうに舌を出し、引っ込めている。ウシを丸ごとは無理かもしれないが、その子供くらいだったら丸呑みできそうな大きなヘビだった。俺は言った。

「最大で最強のセイブツを俺は探している。ヘビよ、この世の中でおまえがいちばん強いのか？」

ヘビは答えない。俺はもう一度同じ問いを発した。すると、幾重もの輪になったヘビの胴がずるりとすべり、その中ほどからけだるそうな声が聞こえてきた。

「……知らないね。あっちへ行け」

「それでは困る。もしもおまえより大きなヘビがいるなら教えてくれ。俺はそいつに会いに行く」

　ヘビの胴体は、知覚できるぎりぎりの速度で動いているようだ。絞めつけられた大木が悲鳴をあげ、ぴしりという音とともに赤い実がひとつ降ってくる。その色は血液の赤だ。

　俺はとっさに避けた。ヘビの胃袋はゆっくりと答えた。

「……ヘビに関してあらぬ伝説があるのは知っている。大方それを聞いてきたのだろうが」

「なら話は早いじゃないか」

「つまらん話だ……一見大きく見えるが、ヘビは単に長い……細くて長い、だけなんだがね。残念ながらね。あんたの嫁入りには応えられそうもない」

「嫁入りなんて関係ないだろうに！」

　ヘビの胃袋はひひひと笑ったようだ。とぐろを巻いたヘビの体が大きく揺れ、大木の枝がざわめいた。

「普通のセイブツは……腹のあたりで何重にも折り重ねて内臓をしまっている。ヘビはそれをまっすぐに伸ばして配置しただけだ。たしかに大きいことは大きいがね。ちいさなニンゲンでも、腸を伸ばせば八メートルほどもある。だから外側が大きく見えたからといって、ヘビが大きいとは一概には言えないよ……」

ヘビは大きなおおきなあくびをした。ウシを丸呑みできそうなあくびだった。開いた口の中からヘビの体内を覗くことができたが、どこからが胃袋なのかよくわからず、ぼんやりとしていた。ヘビの胃袋はつづけた。

「ニンゲンは、ヘビを伝説にするのが好きだ……いちばん下で世界を支えてるってのは古代インドの伝説……ニンゲンがニンゲンになったのは、ヘビが騙して知恵の実を食べさせたからだとも言われているね」

「バカバカしい。ニンゲンは、俺たち胃袋と同じく袋から管に進化したんだ」

「ヘビは長くて不思議な形をしているから、ニンゲンには奇妙に見えたんだろうさ。中身を調べればたいして違いはないのにね。あんたは……察するに……伝説とかじゃなくて、本当に大きなセイブツを探しているんじゃないのかね？」

胃底部を上下に振って俺は肯定する。

「ならば南へ行けばいいさ。実際に見たわけではない、がね……南の海のほうへ行くとクジラというそれはそれは巨大なセイブツがいると聞くよ。跳ねていったら何日かかるかわからないし……野垂れ死にするかもしれないがね」

海にいるということは魚なのだろうか。魚なんて弱そうだ。俺の筋肉の微妙な震えを読みとったのか、ヘビの胃袋が言った。

「そいつは魚じゃない。一度陸にあがったが……もう一度海に戻った変わり種のホニュウルイだ。あんまり体がでかくなりすぎて、陸の上じゃ体重を支えられなくなったらしいね……わたしが知るところによれば、そいつが、この世でもっとも巨大なセイブツのはずだね」

「そいつが最大か。よかった。恩に着る」

「こっちもよかった。もう来なくていいよ」

俺は南へと跳ねていった。

南の海は果てしなく遠かった。俺は跳ねて跳ねて跳ねまくり、宿主が数十年かけて細胞にためこんだエネルギーが枯渇する前に、クジラがいるという海を目指した。その間、野生化したイヌの群れに追われたり、胃を失った野良ニンゲンにつかまりそうになったり、そういう些細なことがいろいろあったりして、縦走筋・斜走筋・輪状筋の微妙な角度のずれを利用した必殺の技を編み出したりもしたのだが、まあどうでもいいことだ。俺、胃袋。全身是筋肉之塊。とにかく、俺は、この先はもう水溜まりしかないという世界の果てみたいな場所へたどりついたのだった。

俺は噴門を開き、吸ったことのない海辺の空気を胃体部いっぱいに導き入れた。戦いでついた傷跡に潮風がしみた。数十年のあいだニンゲンの腹の中でぬくぬくと暮らしていた俺だが、D階を飛び出してからはずいぶんと旅をした気がする。山河に跳ね、海のしぶきを浴びた胃袋というのは古今東西なかなかいないんじゃないだろうか。

俺は、胃体部に溜めた空気を一気に吐き出し、興奮で青白く光りながら、全身全霊を込めて叫び声をあげる。

「クジラーッ！　俺はここにいるぞ！」

もしもクジラが最大最強のセイブツであるのなら、いまの俺の呼び声にかならず応えるはずだ。そんな気がした。俺はぴょんと跳ね、もう一度空気を吹き出す。

「クジラーッ！」

地面が動いたのはそのときだ。

俺が土台にしていた砂地にひびが入り、崩れ、泡立った水が侵入してすべての砂を洗い流していく。土地が沈んでいる。俺は跳ねたが、バランスをとるのがやっとの状態だ。そうこうしているうちにも塩分を多量に含んだ水が荒れ狂い、やがて、ぬめぬめと光る真っ黒な地面が姿を現した。俺の下から声が聞こえた。

「やれやれ。最近はゆっくり昼寝もできないのか」

幽門を軸に俺はぐるりと回転し周囲を見やった。俺がいるのは黒い光沢のある島で、遠くから波が押し寄せ崩れ引いていっている。そして声は俺の真下から聞こえた。もしも、この島がクジラだというのなら、たしかにそれは途方もなく巨大なセイブツだ。ウシもヘビも比べものにならない。そしてまちがいなく、これは、最強のセイブツだと考えられた。

多少緊張しながら俺は言った。

「俺は最強のセイブッツを探している。クジラよ、最大のおまえが最強か？」

クジラの胃袋はひと息ついたようだ。そして、そいつは、俺にとって意外な問いを逆に返してきたのだった。

「ニンゲンの胃袋よ。答える前にひとつ質問がある。強いとはいったいどういうことを指すのかね」

なんだか哲学的な胃袋だ。だが、そんな問いでいまさら煙に巻かれるほど俺はしけた旅をしてきたわけではなかった。

「強いは強いだ。他に意味なんてない。すべてのセイブッツの頂点に君臨し、すべてのセイブッツの頂点の消化活動をする。それが強い、だ」

「ほう」

「なにがおかしい」

「たしかにわたしたちクジラの胃袋は毎日大量の消化活動をしている。王者の活動だ。そういう意味で言えば、セイブッツの頂点に君臨していると言えなくもないだろう。だが、それだけのことではないのかね」

「逃げるのか？」

「そんなことはない。きみがどうしてもクジラの腹の中がいいのだと言えば、この場所を譲ってあげてもいい。しかしながら、宿主の図体を維持するためにオキアミや魚といったものを流し込まれつづけているだけの状態をはたして頂点と言えるのだろうか。そこがわたしには疑問なのだ。王者の胃として生を受けたわたしは、これまでずっと自問してきたのだよ」

クジラの胃袋にはクジラの胃袋で悩みがあるらしい。それが、俺にはちょっと意外だった。

「ニンゲンの胃袋よ。胃袋にとっての最強とはなんなのだろうな。好きなときに好きなものを好きなだけ消化することができて、はじめて最強のセイブツの胃袋と言えるのではないだろうかとわたしは思うのだ」

「そんなセイブツがどこにいるってんだ」

「そういうことでいえば、やはり、ニンゲンがいちばん強いのではないだろうか」

「なぜそう思う？」

「ニンゲンはなんでも食べるからだ。陸上にいるセイブツなら、脚がついてさえいれば椅子とテーブル以外はなんでも食べると聞く。もちろんクジラもニンゲンに捕食される。シャチもクジラを食うが、ニンゲンと違ってシャチは海の中にいるセイブツしかエサにしない。ありとあらゆるセイブツを分け隔てなく食べるのはニンゲンをおいて他に存在しない。そして、その食欲の根源を握っているのがニンゲンの胃袋なのだ」

クジラの胃袋は言った。クジラが潮を吹き上げた。粒になった塩水がぱらぱらと降り注ぎ、俺の表面を流れ落ちていった。

　それでは、答えは元のところにあったということなのだろうか。

　ニンゲンたちは、5Uという薬を使い、俺たち胃袋が肉体から逃がれられないようにしている。毎日同じ消化活動をさせられることを不満に思い、5Uの効果が薄まった一瞬の隙を突いて俺はニンゲンの腹を飛び出した。だが、俺たち胃袋を使役しているという理由でニンゲンを憎むのは筋違いだったのかもしれない。それは、彼らの生物学的な習性であり、こちらの一方的な感情をぶつけてもしかたがないことだ。

　もしかしたら、俺たち胃袋を突き動かすのは恐怖なのかもしれない。長い旅のあいだ、俺はずっと怖かった。どうしようもなく怖かったからこそ、強がりを吐きつづけ、タフガイの真似をしていた。ぶ厚い筋肉に守られた袋の内側にある空っぽの空間には恐怖が詰まっていた。その恐怖を克服するために、より強い宿主を俺は必要としていたのである。

　ニンゲンだって胃袋と同じように怖いのかもしれない。俺はそんなことを考えた。最強のセイブツであるニンゲンの腹には、最強のセイブツであるからこそ、青白い恐怖が詰まっている。だからやつらは、5Uなどという薬で胃袋を無理矢理支配しようとする。食べるだけなら俺たち胃袋にひとこと頼めばいいものを、支配しなければ、体内に侵入した得体の知れない生物に対する怖れが消えてなくならないのだ。

もしもそうであるのなら、ニンゲンの宿主と胃袋の俺がうまくやっていく方法もあるだろう。手に入れたのはつまらない答えだが、この旅もまったく無駄というわけではなかった。納得してニンゲンの体内で暮らすのと、納得せずに悶々と消化をつづける違いくらいはあるはずだ。最大のセイブツの腹の座を手に入れそこなったというのに、やけにすがすがしい気分が俺を包んでいた。

俺はクジラの胃袋と別れの挨拶を交わした。沈みゆく背の上でぴょんとひと跳びし、俺は海岸へと向かう。さあ、すこしたるんだ、宿主の腹へと帰ろう。

## 3

D階に戻った俺は急いで宿主の元へと向かった。もう二度と吸うことはないと考えていたD階の空気も、いまとなってはそう悪くない気がした。ニンゲン臭く、ドウブツ臭く、機械臭く油臭い。まさしくニンゲンの胃袋が住むにふさわしい場所だ。舗装された道も跳ねやすくて快適だ。ジャンプして着地するたびに胃角が折れ曲がり、俺の噴門からぷひぷひと音が漏れた。

胃袋に逃げられた俺の宿主は、元いた階層を追放され、いまはD階で暮らしているらしいという話だった。ニンゲンの社会は世知辛《せちがら》い。それもまあ、俺が帰還したからには過去の話である。いろいろと誤解や不幸なすれ違いがあったとはいうものの、ニンゲンには胃袋が必要だし、胃袋にも宿主がいたほうがなにかと快適であることはまちがいない。だが、5Uだけはもう勘弁だ。そんなものがなくても、俺は逃げ出したりしないのだから。

聞いた話を頼りに俺はぴょんぴょんと跳んでいき、最後は、噴門から侵入するにおいに頼って宿主を探した。なにしろ、同じDNAの持ち主なのである。鋭敏な胃袋の感覚をもってすれば見つけられぬはずはない。はたして、俺の粘膜はすぐに宿主のにおいを発見し、自動的に輪状筋が縮まって蠕動《ぜんどう》運動を開始する。俺は、窓から漏れる光に向かって跳ねていった。

宿主は、以前よりもいくぶんちいさなアパートメントに住んでいるようだった。外壁はみすぼらしく、薄汚れた窓ガラスの隅にはひびが走っている。それでも、中から漏れ出る光は暖かく、俺の帰還を歓迎してくれているようだった。

宿主がすぐに気づくことができるように、俺は、窓の外で勢いをつけてジャンプする。ところが、俺は、そこでとんでもない光景を発見することになった。

俺の宿主の足元に、見たこともない胃袋が転がっていたのだ。そいつは、平滑筋を蠕動させごろごろと空気を漏らしながら宿主の足元にまとわりついている。そいつを包んでいるのは興奮の青白い光だ。部屋の中にはピアノの曲が流れていた。たしかこれを、宿主は

K397と呼んでいたっけ。

すると今度は、宿主とは別のニンゲンが姿を現した。二体めのニンゲンは、濃度の高い液体に満たされた皿をトレイに乗せて運んでいる。たちのぼる湯気から、それが温かい食物であると推測できた。見知らぬ胃袋は、椅子を使って二段ジャンプし、かつて俺の宿主だったニンゲンの腹部へと収まった。二体めのニンゲンがなにか言ったようだ。ふたりは顔を見合わせて笑い、席についた。

いいペアだ。

俺はそう思った。ニンゲンふたりのことじゃない。宿主と胃袋のことだ。俺と宿主とがセットで生まれたのは単なる偶然で、同じDNAを持っているというだけだ。俺はあのニンゲンを一方的に捨て、やつは新しいパートナーを自分で見つけ出した。それだけのことだった。生まれという鎖で繋がれた二者よりもずっといい関係じゃないか。俺の宿主はあの胃袋を選び、あの胃袋は俺の宿主を選んだのだから。ここは、むしろ、あの見知らぬ胃袋と元・宿主を祝福してやるべきだろう。

自由とは不自由でもある。そう俺に言ったのはグッドラックだったか。それとも他の胃袋か。他のセイブツか。もう忘れてしまった。だが、それを俺が選びとってしまったのだからしかたがない。一緒に生を受けたニンゲンの腹部に収まって、寿命が尽きるそのときまでぬくぬくと暮らす道だって俺にはあったのに、自身の筋肉を使って外の世界で跳ね回る道を選び取ったのだ。

　やわらかな光を放つ窓枠から離れ、俺は外壁をずるずるとすべり落ちた。そのまま力なく地面で潰れた。俺の体を包んでいた青白い光はすっかり消えている。いまの俺は肉の色をしたただの袋だった。噴門がぐうと空気を吐き出した。楽しげな団欒《だんらん》の声が漏れ聞こえた。俺に帰る場所はない、とはっきりわかった。

　露の浮かぶ路上にだらしなく転がった俺は、自分が空腹であることに気づいた。というか、次の瞬間死んでしまいそうなくらい腹が減っていた。

　そう言えば、元宿主の腹を飛び出してこのかた、俺は、ひとかけらの食べものも胃の中に収めていなかった。俺が消化活動をしエネルギーをもらうのは、この世で最強のセイブツでなければならないと考えていたからだ。だが、それも終わりだ。助けてくれる宿主ももういない。俺は、自分ひとりで食物を摂取し、消化吸収しなければならないのだった。

　幽門を軸に回転してみると、路地の奥に樹脂製のダストボックスが据え付けてあり、その上に紙袋が放置されているのを見つけた。紙袋までの距離を俺はたった二回のジャンプでつめ、胃角をひねって袋を引き千切った。粘膜までただよってきた感覚から予想したとおり、中に入っていたのは食べかけのハンバーガーだ。誰かが捨てたものを拾い食いするなどみっともないが、この際贅沢は言ってられなかった。

　俺は、噴門をひろげ、ハンバーガーを吸い上げる。ところがあまりうまくいかない。干からびたパンは、右へ避け左へ踊り、俺の噴門を器用に回避する。自分だけでモノを食うのははじめてなのだ。これはなかなか難しい。しかたがないので、埃の浮かんだ壁を使ってパンを押し込もうとしてみたが、半分ほど中に入れたところで黄色い液体とともに吐き出してしまった。

薄暗い路地で俺はぜいぜいと噴門を鳴らした。食道の助けがなければ、俺は食いものを胃の中に入れることすらできないのだった。

自分が吐き出した液体の上でへしゃげている俺を横目に、一匹の野良ネコが屋根から降り立ち、散らばったハンバーガーの肉の部分だけを器用に食べはじめる。

それは俺が見つけた食いものなのに、俺が胃の腑に収めることができなかったというのに、俺は腹が減って死にそうだというのに、ネコの分際でうまそうに食っている。ネコめ。ネコめ。ネコの胃袋め。許せない。ああうらやましい。

俺はネコに襲いかかった。

といっても、ネコを食べるわけじゃない。俺は気づいたのだ。ネコが食べた肉を俺が消化吸収すれば、それは俺が食ったのと同じであるということに。元よりあれは俺のハンバーガーなのだ。俺のエネルギーになってしかるべきだ。ふにゃあと叫ぶネコの腹に俺はぐいぐいと自分の体を食い込ませる。ネコの胃袋が叫んだ。

「よせ。よせって！」

「うるさい。これは俺のハンバーガーだ！」

「バッカ。大きさ見ろって。入らねえよ！」

「先っちょだけでいいんだ。ほんのすこしだけ」

「無理だってば。無理無理無理無理無理」

ふぎゃあとひと声大きな鳴き声をあげると、ネコは俺を振り落とし、暗闇の中へ跳んで消えた。あとには、俺だけではどうにもならないハンバーガーの残骸が残った。

それからどこをどう放浪したのかはよくおぼえていない。落ちている食いものらしきものを吸い込みかけては失敗し、手近なドゥブッに入り込もうとしては追い出され、飢餓で死ぬ寸前になりながら俺は転がった。冷静に考えれば、D階のどこかの目立つ場所でじっと待っているだけで、胃袋を必要としたニンゲンが俺を拾ってくれたはずなのだが、腹が減ってそれどころではなかったのだった。

気づいたときに俺がいたのは、旅をはじめて最初に出会ったウシの腹の中だった。ぼろぼろになって転がってきた俺を、見るに見かねて拾い上げてくれたらしい。俺は礼を言った。ウシの胃袋たちが応える。

「なに。場所は余っている」

「そうそう。余っている」

「好きなだけここにいるといい」

「慣れてないと反芻がちょいと難しいかもしれないが――」

「慣れればどうってことない――」

「はいはい。戻すぞー」

「うえええっ！」

ウシの胃袋はニンゲンと違い反芻という運動をする。俺たちニンゲンの胃袋がゲロと呼ぶ行為だ。何度も吐き戻すことによって、セルロースというニンゲンが消化できない物質を栄養に変えることができるらしかった。

何回やっても反芻に慣れることはできなかったが、ウシの胃袋たちとの共同作業は、それはそれで悪くなかった。そこに孤独は存在しない。いままで感じたことのない圧倒的な統一感だけがあるのだった。

食欲を支配する胃袋はセイブツの行動を支配している。だが、それは同時に、セイブツによって支配されているということでもある。俺たち胃袋の飽くなき食欲がセイブツを動かす原動力になっていることはまちがいないが、食欲が否定できない以上、胃袋もその支配から逃がれることはできないのである。それはすなわち、思考のフレームが食欲によって決定されているということだ。ウシの胃袋たちが共同作業をするように、食欲を越えたところで結びつかなければ、思考のフレームそのものを打ち壊し刷新しなければ、胃袋とセイブツは本当のパートナーになることはできないのだ。ウシの中に入ってみてはじめてわかった。平滑筋をたわめ自由に世界を跳ねていたようでいて、俺は虜囚となんら変わらなかったのだった。

　ウシの胃袋たちと一緒にすごすのも、考えようによっては悪くない胃生だった。民主主義的手続きに従う日々はたしかに文化的と言える。そんなことを考えていた俺だったが、ある朝、気づくと、俺の体は湿った藁《わら》の上にぽつんと落ちていた。

　上空にあるウシの胃袋に向かって俺は言った。

「なんだよ。いまさら追い出すなよ。ちょっと反芻が下手なだけじゃないか」

　ウシがモーと鳴いた。足音が聞こえる。厩舎にニンゲンがやってきたようだ。胃袋が言った。

「悪いが、これでお別れだ」

「お別れってなんだよ。一緒にいさせてくれよ」

「おまえはわりといいやつだ――」

「そうしたいのは山々だが――」

「こっちの事情がそれを許さない」

　ニンゲンたちがウシを引きずり出そうとしていた。ウシは抵抗して脚を突っ張っているようだったが、手慣れた様子でニンゲンはウシをつつき、思ったとおりの方向へ誘導していく。ウシに抗《あらが》う術はない。俺は、このウシに待っている運命に気づき、小脅を歪めた。

「わかったようだな。まあ、そういうことだ」

ウシの胃袋が言った。

「おまえは達者に暮らせよ」

「なんでだよ。なんで逃げないんだよ。おまえらだって逃げればいいじゃないか」

「よせよ。ウシの胃袋がいくつあると思う」

「俺らが一斉に逃げたって――」

「行くところなんかありゃしない」

「そうそう。わりといい胃生だった」

「宿主にも兄弟にも恵まれて――」

「後悔はない――」

「じゃあな。ニンゲンから産まれた兄弟よ」

藁に埋もれた俺を残し、ニンゲンに引かれ、巨大なウシの背が遠ざかっていく。胃袋たちの声はもう聞こえない。俺は、体いっぱいに溜まった空気を吐き出した。

フムン。

溶けかけたセルロースのこびりついた噴門が、生まれてはじめて、俺の名と同じ音を奏でた。そういうこともあるのかと俺はおかしくなった。俺の噴門が吐き出す空気の音が名前の由来などというのは真っ赤な嘘だし、グッドラックなんて音を出せる胃袋も存在しない。それらの音は、肺と声帯と口腔と舌というニンゲンというセイブツについている複数の器官が協力してつくりあげた、たぐいまれなる交響音なのであり、単独の筒である胃袋が出せるものではないのだった。

フムン、フムンと、いまこのときだけ出せる懐かしき音を吹き出しながら、ふたたび俺は、D階への道を跳ねて行った。

# 4

「フムンじゃないか」

D階に戻ると、さっそく、道路のわきでだらしなく転がっていた胃袋が俺に話しかけてきた。グッドラックだ。俺はこたえる。

「ひさしぶりだな」

「驚いたよ。しばらく見かけないうちにずいぶんと精悍になっちまって……それで、最強のセイブツは見つかったのか？」

すこしばかり話しただけだというのに、俺が探していたものをおぼえているとは、グッドラックは案外いいやつなのかもしれなかった。あいもかわらずアル中ではあるようだが。

グッドラックは、茶色い液体が入った瓶をしっかりと抱きしめている。

旅のことを話すと無駄に長くなりそうなので、俺は、あたりさわりのない返答をしておくことにした。

「まあ、ぼちぼちだな」

「こっちはそうでもないぞ。驚け。おまえさんが探してた最強のセイブツとやらは、もしかするとこの街にいるニンゲンかもしれないんだ」

興奮気味に、グッドラックは噴門からアルコール臭い空気を吹き上げた。正直なところ俺はもうそういうのはたくさんだったが、たくさんだという気持ちになった理由を話すとこれまた無駄に長くなりそうなので、おとなしくグッドラックの話を聞いておくことにする。

D階をうろつくニンゲンというのは、腹が減ったときに手近にいる胃袋を腹に収めて消化済みの食料をもらうか、見ず知らずの体の中心に突然嵌め込まれた胃袋が上も下もわからずじたばたしているあいだにそそくさと飯をすませるのが一般的だ。ところが、新しくやってきたそのニンゲンは、どうやってか不思議な旋律を使って胃袋を呼び寄せ手懐《てなず》けてしまうらしい。それどころか、そのニンゲンと一緒になって摂る食事は、面妖なことに俺たち胃袋にとっても素晴らしい体験なのだそうだった。

「ふうん」

俺は言った。

「なんだよ。もっと驚くかと思ったのに」

グッドラックは不満げだ。だけれど、いまの俺にとって、それは不思議でもなんでもないことだった。なにしろ俺は、元宿主のところで似たような光景を見てきたのだから。

それはすなわち、ある種の緊張を維持しながら、ニンゲンと胃袋がお互いを対等な存在として認め合うということなのだと俺は思う。どちらが上でもどちらが支配するでも搾取するでもない。おそらく、それが、本当の胃袋とニンゲンの関係であり、ニンゲンの中にもそれに気づいた連中がいるというだけの話だ。そして、そのような調和のとれた関係で摂取する食事がこれまでとは比べものにならないほど素晴らしい体験となるのも当然の理屈だった。

グッドラックによれば、現れた旋律使いのニンゲンを巡り、胃袋たちのあいだでバトルが勃発しているらしかった。バトルを勝ち抜いた最強の胃袋がそのニンゲンと一緒に食事を摂る権利を得られるという決まりだ。俺が南の海へバカンスに出かけ、あるいはウシの中で反芻をしているあいだにD階でもいろいろあったらしい。

だが、肝心なのはひとつの胃袋とひとりのニンゲンが信頼で結ばれることであって、やってきたひとりのニンゲンがすべての胃袋の最適のパートナーであるはずはないのだ。そこのところがわかってない胃袋もまだまだいるということなのだった。

せっかくの情報提供に俺が乗り気でないのを知り、グッドラックはさみしそうだ。

「なんだよ。せっかく教えてやったのに」

「相手のニンゲンのほうに興味がないんでな」

「おまえさんなら、あいつをけちょんけちょんにしてくれると思ったんだがなあ」

「なんだよ。もしかして、おまえも参加して負けたのか?」

「違うよ」

グッドラックは言った。大弯に縦走筋が浮き出ていた。

「やなやつなんだ、チャンピオン。あいつ、酒瓶と俺を使ってボウリングをするんだ」

胃袋同士のいじめというのはあまりいい趣味ではないが、たしかに膨れたときのグッドラックは、転がすのにちょうどよさそうないいかんじの球形をしていた。まあ、今度その場面に出くわしたら、そいつにもレーンを転がる権利をくれてやることにしよう。バトルに参加する気はまったく起きないが、グッドラックにはいささかの借りがある。

だけれど、俺は、そうも言ってられなくなってしまった。数日後、興味本意のグッドラックに連れられて行ったコロシアムで、俺はそいつに出会った。そしてそいつは、こともあろうに、こんな風に言い放ちやがったのだ。

「おまえ、フムンっていうんだってな。奇遇だな。おれもフムンっていうんだ」

うそぶいたそいつが吹き出した空気は、どう聞いてもバフンという音でしかなかったが、本人が言うならそうなのだろう。

そこは、ニンゲンが使わなくなって久しい公園の廃墟だった。かつては噴水として使われていた石造りの円盤がいまは胃袋たちのコロシアムとなっていた。風雪にさらされた円盤は、角が落ち、白茶けた粉を吹いている。ヒマをもてあます胃袋で公園はいっぱいで、蠢《うごめ》くピンク色の袋の群れが明滅する街灯に照らし出されていた。

俺と同じ名を名乗ったそいつはコロシアムのチャンピオンだった。つまりは、新しくやってきたニンゲンとやらが旋律を奏でたときに、まっさきに足元に転がっていく権利を持っているということだ。よほど大食いをしたのか、そいつの全長は通常の胃袋の三倍はあるみたいだった。

「おまえの出す空気はちっともフムンに聞こえねえ」

やつは言った。おまえもな、と言いたかったが俺はやめておいた。たとえ発音できなくとも、いや、発音できないからこそ名前にはそれぞれ大切な想いが込められている。俺のフムンもやつのフムンも、そして、グッドラックも。だけれどバフンと音を出すフムンは違う考えの持ち主のようだった。

「俺様はチャンピオンだ。チャンピオンはひとつでいい。同じ名前の胃袋はいらねえ。そうだろ。みんな！」

噴水を取り巻く胃袋たちが噴門から空気を吹き上げる。嵐の前の風の音みたいな不協和音が公園いっぱいに響きわたった。

　チャンピオンの座とやらに興味はないが、名前は別だった。ここで引いたら、俺はD階で自分の名を名乗ることができなくなる。いまは新しいパートナーを見つけた元宿主とのあいだにたったひとつ残った絆が消えてしまう。それだけは嫌だった。オーケー。オーケー。わかった。フムンは世界にひとつでいい。

　俺は噴門を左右に振り、勢いをつけてコロシアムの台へと登った。胃袋どもが鳴らす不協和音が大気を揺さぶり、空っぽの俺を振動させた。

「やるのかい？」

「おしゃべりはなしだ」

「そうこなくちゃ」

　誰かがゴングを打ち鳴らした。俺とバフンは、互いに弧を描くように動きはじめた。

　俺たち胃袋にどちらが上でどちらが下といった決まりはない。だが、跳ねたり着地したりするときは、前庭部と呼ばれる幽門に近い部分を下にする。その部分の筋肉層がもっとも厚いからだ。よって、前庭部と幽門が下、胃底部と噴門が上の状態でいることが自然と多くなる。

　だが、バフンは、体全体を回転させ、前庭部を俺に向けた格好を取っている。体を跳ねあげるに十分な力を持った筋肉は、敵を前にしたときもっとも信頼のおける鎧となることを知っているのだ。さすがはコロシアムのチャンピオン、油断のならないやつだった。

　俺も同じように前庭部を敵に向け、幽門を使ってじりじりと移動する。前庭部で防御を固めながら、バフンは、ときおり大きく体をしならせて噴門を俺にぶつけてくる。蠕動運動よろしく輪状筋を収縮させて俺は紙一重でかわす。

　ふたつの胃袋が変形しながら円弧を描く。筋肉を走り抜ける興奮が、俺たちの姿を青白く染めていく。

　何億年も前にセイブツの内部に住みつくことを選択した俺たち胃袋は弱点の塊といっていい。ニンゲンなどは、体の外側から俺たちを叩かれただけで悶絶してしまうくらいだ。敵の攻撃はできるかぎり避け、どうしようもないときだけ前庭部で受ける。それが、野生のイヌとの戦いで俺が身につけた鉄則だった。だいじょうぶ。イヌに比べれば胃袋は怖くない。

　だが俺は、コロシアムという限定された場所を知らなかった。

　バフンがフェイントを放つ。俺が避ける。俺の噴門が冷たい石に接触。壁際だ。追いつめられた。バフンの体が大きくふくらみ、俺に向かって突進する。逃げ場がない。三倍の厚みを持った前庭部の筋肉と壁が俺を押し潰す。俺の幽門から赤みがかった液体がほとばしった。

「ひゃっほう」

バフンが雄叫《おたけ》びをあげる。

俺は転がった。内側のどこかが切れたようだ。刺すように痛い。

俺は必死で跳ねる。バフンの勢いは止まらない。鎧を押し立て突っ込む様は野生のケモノのようだ。ビリヤードの玉よろしく俺は噴水広場を跳ね回る。ウェイトの差は圧倒的。やつの一撃を受け、俺の噴門が鮮血を吹いた。

「まだやるかい」

バフンは言った。余裕たっぷりだった。俺はと言えば、全身は擦り剝いた傷だらけで、おそらく胃の内部も何か所か裂けている。胃角は折れ曲がり、噴門は力なく垂れ下がっている。だけれど俺は、小弯に皺を浮かべて言ってやった。

「俺が旅をしていたとき、南のほうにいた野生のイヌっころの一撃は、もうすこし歯ごたえがあったぜ」

バフンの大弯が朱くなったようだ。その場でひと跳ねし、やつは猛烈な勢いで転がってくる。その突進を避けるだけの力は俺には残っていない。だがそれは、同時に、俺が狙っていたものでもあった。いまこそ、イヌの群れを相手にしたときに編み出した技を使うときだ。

俺の平滑筋が光って唸った。敵を倒せと轟き叫ぶのだ。ガストリン、コレシストキニン、俺に力を！　縦走筋、斜走筋、輪状筋、全力で蠕動せよ！

通常の三倍の質量を持ったバフンの突進が寸前まで迫ったそのとき、俺の体は複雑に蠕動をはじめる。蠕動とはすなわち消化活動であり、俺たちの生業であり、本能であり、存在理由であり、胃袋である俺たちがもっとも得意とする運動だ。この筋肉の反射速度にはなにものもついてくることはできない。バフンの突進を上回る速度で俺の筋肉は収縮し、巨体を巻き込んで、突進を上回る速度で突きはなす。

バフンは、みずからの突進の二倍を越える速度で壁面に激突し、噴門からきゅうと音を出して動かなくなった。どうやら気絶したようだった。

勝負は、俺の勝ちだった。

噴水を取り囲む胃袋が吹き上げる唸りのような不協和音が、傷ついた俺の胃壁を震わせた。

そのとき、遠く、旋律が聞こえた。チャンピオンを呼ぶ旋律だ。カーニバルの終了を悟った胃袋たちが、さざめきながら方々へ散っていく。みな、自分たちの食欲を思い出したのだろう。俺たち胃袋の本分は食事であってバトルすることではない。

「……行けよ、フムン。おまえが獲得した権利だ」

元チャンピオンの胃袋も目をさましたようだった。俺の背後から弱々しい声が聞こえる。だけれど俺は胃角を折って上体を揺すった。

「やめておくよ」

「情けなんかいらねえ。おまえがチャンピオンだ。行っちまえ」

「うまく言えないが、そういうんじゃないんだ。旋律を流してるそのニンゲンは素晴らしくいいやつなのかもしれないが、残念ながらこの俺のパートナーには思えないんだよ。それほど望んでいるのなら、あんたが行けばいいさ。呼んでるニンゲンにとっても、そっちのほうがずっといい」

「本当に本当にいいのか？」

「行けよ」

信じられないといったかんじで二、三度小鸾をひくひくさせると、俺と同じ名を名乗る胃袋は、飼い主の元に向かうイヌのように幽門を振り、喜びに満ちあふれた様子で跳ねていく。あとには、青白い光の筋が残った。

「あれでよかったのか？」

いつの間にか俺の横にはグッドラックがいたようだ。酒瓶を抱え、やつは、跳ねていく元チャンピオンを見送っていた。

「いいんだ」

俺は答えた。

この俺のパートナーとなるはずのニンゲンも、どこかはわからないが、きっといるんじゃないか。俺は、そんな気がしてならないのだった。得体の知れない怖さに震えながら世界を旅し、限りない強さを求め、胃袋のチャンピオンとなってなおも微量の恐怖を捨てることができないでいるこの俺を受け容れてくれるニンゲンが……。そのニンゲンは、俺たち胃袋を隷属させる、すなわちニンゲンそのものをみずからの恐怖へ隷属させる薬である5Uを自分の手で捨て、俺たちと対等な関係を結ぼうとするようなやつだろう。夢物語みたいな話かもしれないが、そんなニンゲンがひとりくらいはいるんじゃないかと俺は思う。変わりものの胃袋がここにいるのだ。ニンゲンだっていないってことはないはずだ。ひょっとすると、いままさに5Uを投げ捨てようとしているところかもしれない。

噴門を長くして、俺はそいつの到来を待つとしよう。

俺は胃袋。名前はフムン。俺の旅はまだはじまったばかりだ。

# 七胴落とし

辻村深月

辻村深月（つじむら・みづき）は八〇年生まれ。〇四年に『冷たい校舎の時は止まる』で第三一回メフィスト賞を受賞しデビュー。異空間と化した校舎に閉じこめられた八人の高校生の物語で、成績優秀な優等生とばかり思われている少年少女たちの、秘められた葛藤や背景を丁寧に描いた同作は、ノベルス三分冊という大著ながら、若い読者の心をしっかりと摑み、共感の声に迎えられた。以来、『子どもたちは夜と遊ぶ』、『凍りのくじら』（共に〇五年）など、新作を次々と発表する。

〇九年の本書単行本版刊行後も、好調な刊行ペースはおとろえていない。得意とする青春小説はもちろんのこと、多様な世代に焦点をあてながら、新たなテーマに挑戦し、作風と支持層を広げている。死者と生者の不思議な再会を描く『ツナグ』（一〇年）で、第三二回吉川英治文学新人賞受賞。結婚を題材とした『本日は大安なり』（一一年）は、一二年にテレビドラマ化。同じく一二年にコナミから発売された恋愛シミュレーション『NEWラブプラス』に、ゲーム内でヒロインが読む本として『ぼくのメジャースプーン』（〇六年）が登場。同ゲームとコラボした新装版も話題を呼んだ。

そんな辻村と神林作品の出会いは、中学時代にまで遡るそうで、『戦闘妖精・雪風』（八四年）のネーミングセンスに惹かれ、その内容に「ひっぱたかれるような衝撃を受けた」と神林とのトークイベントで語っている。今回、辻村がトリビュートしたのは、神林の長篇第二作『七胴落とし』（八三年）。子供だけがテレパシーを持つ世界で、成人することを恐れる少年・三日月が、妖刀「七胴落とし」と謎の少女・月子に魅了され、現実感を曖昧にしていく物語だ。切実な筆致で描かれる三日月の閉塞感、疎外感を通じ、若き日の神林長平の生の声が聞こえてくるような初期作である。

この原作設定を、子供だけが猫と会話できると再構築したのが、本トリビュート。幼い少女と、某人気シリーズの宇宙人を思わせる太った黒猫の交流を描く。温かな視線とノスタルジックな雰囲気に満ちた辻村ならではの作品であり、原作と鮮やかな好対照を成している。ぜひ読み比べて頂きたい。

「ミャーン」

（一）

「今の、何？」と訊ねたら、「……落とし」と答えた。「……」のところは、何かゴニャゴニャ聞こえたたし、彼も何か言ったのだろうけど、その先は猫の領域で人間が踏み込めなかったからか、それとも私に能力がなかったからか、完全に聞き取ることはできなかった。

今日、娘と一緒に歩いてて、偶然黒猫と出会った。

公園のベンチの下。私にとっては初めて見る猫だったけど、娘にとっては顔なじみだったらしい。子供を産むと同時に帰ってきたこの町は、流れ猫がたくさんいる。うちの庭で餌をもらい、別の家の庭でもまた餌をもらう、みんなで飼っているようないないような猫。

つないでいた私の手を振りきって、娘が走っていく。

「ミュウ！」とその猫のことを呼んだ。やっぱり知り合いらしい。猫は全速力で向かってくる娘に怯えた様子もなく、逃げず、悠然と構え、後ろの私に顔を上げてみせる余裕すらある。

娘が「ミュウ」と呼んだその猫と私は目が合った。

その途端、頭の芯にびりっとした痛みが走った。そして、思い出した。

黒い体に、黄色い目。この猫はたぶん、うちの娘の監督猫だ。

あなたの街に猫はいるだろうか。

当然、いるだろう。

では、覚えているだろうか。子供が猫と対話をし、そのことを大人になった途端に忘れてしまうという事実を。

あなたは、今、この話に大いに頷いてくれているだろうか。それとも、そんなバカな、と一笑に付しておしまいにしてしまうだろうか。

どちらでもいい。でも、それは事実なのだ。みんな、忘れてしまうだけで、我々人間は、近所の神社の境内《けいだい》や、学校の帰り道のどこかで出会う猫から、大抵のことを教わる。明日の天気や、家までの近道や、塾をサボるときにちょうどいい遊び場の見分け方や、あるいは、大人は理不尽だというこの世の真理まで、全部教えてくれる。子供の頃に、誰に教わったわけでもないのに、と大人に首を傾げられつつ会得している知識や技術は、大半が猫から伝授されたものだ。

「バビューン！　ってカンジなんだって」

「マジ？　俺、ガッシューン！　ブー」

擬音で意思疎通して聞こえる子供の会話は、まだ言葉のストックが足りないからではなくて、選び取った言葉で会話を組み立てた結果だ。バビューン、ガッシューンでしか形容できない感情があって、子供が持つその尖った氷のような感性を、大人は理解できない。この擬音、言い方は猫に教わる。

大人がグダグダ並べる、言葉を尽くし、その上ちっとも伝わらない長ったらしい説明は、この素晴らしいバビューンやガッシューンの感覚を失ってしまったせいだ。

子供の言葉、猫に教わる感性のその鋭さ、素晴らしさ！　これらの言葉を失うことは紛れもない老化である。大人が子供時代を終え、年を取るとともに語彙《ごい》を増やし、難しい単語を詰め込み増やす羽目になるのは、どうしようもないことなのだ。

〈オレはさー。みんなのことを見てるんだー〉

うちの町の子供を取り仕切る猫はよく言っていた。取り仕切るというか、引き受ける、でもいいかもしれない。ともかく、猫は自分の管轄を理解していて、その土地の子供に一応の責任のようなものを感じているらしかった。

だからこそ、子供は猫が好きだ。その周りに群れ、甘え、撫で回す。あまりしつこく撫でたり、愛らしさにぎゅっと強く抱きしめすぎると、猫がさすがにその爪で引っ掻くということ、そうなるまでの撫で方抱きしめ方のちょうどいい加減というものも、子供はその頃、猫から教わる。

肉球の柔らかさも、もちろん教わる。

子供はみんな、猫を敬《うやま》い、集まる。原っぱに、神社の境内に、団地の裏に、呑み屋街の中にひっそりとある猫の額ほどの公園に。

あんまり好きすぎるから、人に取られたくない見つけられたくないという理由で猫を隠し、秘密基地に軟禁し、誤って死なせてしまうというような、まだ世の道理がわからない子供ならではの悲劇も、時折起こる。もちろん事故だが、とても悲しい。子供はこの悲しみも、猫から教わる。人生最初の別離の悲しみを、猫に教わる子供は多い。

私たちの猫は、黒猫だった。

特定の一匹を「私たちの」と呼ぶのは、先ほど書いた「責任」を主に感じる、現場の総監督のような猫は、各地域にだいたい一匹ずつだからだ。猫の言葉は、個体によって、どの程度子供と通じ合うのかが違う。全然ダメ、何を言ってもウジュウジュとかムフュフュフュとしか聞こえない猫もいれば、逆に人間の大人のように不自由かつ難解な言葉でしか語らず、まるで意味不明な猫もいて、どの猫との会話が合うかもまた人それぞれだ。

私の場合は、チズちゃんちのミッキーとは全然ダメだった。でも、私にはチクワチクワとしか聞こえないミッキーの言葉も、チズちゃんには〈あなたのおうちは、やがて大変なことになりますよ〉と、理路整然として聞こえていたらしいから驚きだ（彼女の家は、その二年後、お父さんがよそに女の人を作って出て行ってしまう）。

その点、監督猫が話す言葉は、どの子供にとっても安らげる、とても聞きやすい言葉だった。子供たちはその話し方によって、「この猫がそれだ。監督猫だ」ということを本能的に見分ける。

うちの監督猫は、ミャウダさん、という名前だった。

あとは「ねえ、ねえ」とか「おい」とか「ミャー」とか呼ばれることもあった。臨機応変な子供の呼び方は、どれもに親愛の情が込められていた。

色は、黒い。監督猫は、大抵、黒い。どうしてかわからない。理由なんかないかもしれない。隣町から引っ越してきたシンゴ君に訊いたら、前住んでた場所でも黒かった、と言っていた。

監督猫の周りには、輪ができる。

監督猫が野良か家猫かは、それぞれ違う。ミャウダさんは、基本、流れ猫で、うちの庭にもご飯をもらいに来ていたけど、大抵は、モモちゃんの家にいた。小学校への通学路の途中にある、猫好きで有名な一人暮らしのおばあさん。みんなからはモモちゃん、と呼ばれていた。大人も子供も、そう呼ぶ。彼女が飼ってる十二匹の猫の中で、一番の年長者だった。

〈オレ、一六六六歳なんだよー〉

教えてくれた。ミャウダさんは、ゆっくりと語尾を伸ばして語りかける癖があって、子供もみんなゆるい気持ちで話が聞けた。

縁側の窓が開きっぱなしで、通学路から中が丸見えなモモちゃんの家を覗き込むと、ミャウダさんがいる。私たちには当たり前の光景だった。学校から帰ってくる時間がわかるかのように、待っていてくれる。給食の残りをあげると喜んだ。

煮干をあげたら、あんまり食べてくれなくて、猫だからって魚ばっかりがいいわけじゃないんだってことも知った。ミャウダさんの一番の好物は、牛乳にビタビタに浸したコッペパンの内側。

太ってて、丸いおなかが邪魔で肛門がうまく舐められないのが悩みだ、と教えてくれた。

年を取って、動くのが面倒になってきたけど、〈若い頃はオレ、かっこよかったんだよー〉と言っていた。証拠はないから、わからない。

モモちゃんが縁側に布団を干してる日、ミャウダさんは薄目を開けて、眠そうに眠そうに、前足と後ろ足を交互に動かし、布団の上を踏み踏み、踏み踏みする。その顔が最高に幸せそうで、悦に入ってるので、子供はみんな、そのときだけはミャウダさんに話しかけず、遠目に見るだけで満足することにしていた。

監督猫にどれぐらい夢中になるか、懐《なつ》くか、仲良くするかは人それぞれだ。

学校でだって、そうだと思う。担任の先生に臆面もなく「大好き」とぶつかっていって積極的に仲良くできる子もいれば、遠慮してできない子もいる。休み時間に校庭で走り回る子もいれば、図書館で一人で本を読んでいたい子もいる。放課後、猫と過ごすかどうかはそれぞれの好みだ。

私は、猫と過ごさない側の子供だった。

ミャウダさんのことは好きだったし、二人だけで話したこともたくさんあるけど、みんなみたいに毎日大勢で囲み、撫で回し、喉の下をくすぐるように何度も触ることはなかった。あの、喉から洩れる、ゴロゴロゴロゴロという言葉は、撫でている人間にとっても体がとろけそうになるほど気持ちいい波動なのだと知っていたが、毎日聞かなくても良かったし、それに何だか、ミャウダさんに悪い気がした。うまく言えないけど。漠然と、悪いことをしている気がした。

ミャウダさんが私たちに教えてくれたこと、彼にできたことの一つに、「……落とし」がある。

最初に見たのは、ゆかりちゃんが学校のジャングルジムから落ちて、盛大に泣いたときだ。膝を擦り剝き、今まで見たどの子の怪我より、皮膚を擦り剝いた面積も大きく、滲む血も盛大だった。じわー、どばーって感じだ。

ゆかりちゃんは泣き、私たちはおろおろと困った。見てるだけで気が遠くなりそう。こんなに血が出てしまってどうしようってパニックになったゆかりちゃんは、保健室で消毒されている間も怪獣のようにぎゃあぎゃあ悲鳴を上げ続け、途中からは泣いてる理由もわからなくなったように、どれだけ泣けるかの耐久選手権さながらに泣き続けた。

放課後の帰り道、まだ泣くゆかりちゃんと一緒に、私はモモちゃんの家の前を通った。すると、〈ゆかりさん〉と声がした。家を覗き込むと、ミャウダさんがいた。

ミャウダさんは、「待っていた」という顔で、ゆかりちゃんの姿を確認すると、縁側から重々しい足取りで降りてきた。ゆかりちゃんは、泣いてることをミャウダさんにも見てほしいように、まだしくしくやっていた。

「私ね……」

〈うん、うん〉

「ジャングル、ジム、から、落ち……。それ、で」

〈うん、うん〉

横で付き添っている私には、ミャウダさんが、今、ゆかりちゃんの途切れ途切れの話を聞きながらも、すでに全部を知っていたことがわかった。

〈手を貸してごらんよー〉

ミャウダさんが尻尾を、風にそよぐ猫じゃらしのように揺らして座り、話を聞き終えると、前足を上げて言った。

ゆかりちゃんは泣きながら右手を伸ばした。

シャボン玉同士が空中でぶつかるような軽さで、二人の手と前足が触れる。ふわっと、緑色の光が彼らを覆った気がした。

〈はい、これでいい〉

一瞬だった。ミャウダさんが前足を離したとき、ゆかりちゃんはただきょとんとして、もう泣いていなかった。不覚にも泣き止んでしまった、という様子のゆかりちゃんは、一瞬の間の後に「あっ」と自分の手を見つめ、それからまたミャウダさんを見た。

〈もう、痛くないでしょー〉

尻尾を振り振り、ミャウダさんが言う。ゆかりちゃんが、壊れたおもちゃの動きのようにこくん、と首を動かした。横で見ていた私はびっくりし、思わずミャウダさんに訊ねた。

「今の、何？」

〈……落とし〉

当たり前のことのように答える。「……」のところは、何かゴニャゴニャ聞こえたし、彼も何か言ったのだろうけど、単語ではしっかりわからなかった。だけど、納得した。窓の汚れを落とすように、たぶん、ミャウダさんはゆかりちゃんから痛みを落とした。

落とすのは、痛みだけではなかった。

例えば、ミッキーに〈あなたのおうちは、やがて大変なことになりますよ〉と忠告をされ、その二年後、お父さんがよそに女の人を作って出て行ってしまったチズちゃんは、お父さんが消えてからしばらくして、ミッキーと一緒にミャウダさんの元を訪れた。お父さんが出て行ってからというもの、チズちゃんはずっと学校を休んでいた。

心配そうにチズちゃんを見るミッキーの言葉は、私には相変わらずチクワチクワと聞こえていたが、ミャウダさんは頷いた。〈引き受けましたー〉というように。

〈みんなよりだいぶ早いですけど、仕方ないですねー〉

ミャウダさんがチズちゃんを呼ぶ。自分の前足を上げた。

泣いていたチズちゃんと手をつなぎ、緑色の例の光をどんどんどんどん拡張させながら、同じ丸い光の輪の中にいるミャウダさんのおしりを、肉球みたいに真ん丸い別の光の輪がさらに覆う。

わぁわぁ泣く、チズちゃん。

緑色の光が濃くなればなるほど、悲しみを外に引っ張り出されているように、彼女の喉からの泣き声も大きくなる。

〈……落とし〉しようと、チズちゃんの手に肉球をくっつけ続けるミャウダさん。

ゆかりちゃんのときと違って、すごく時間がかかった。静かにずっと同じ姿勢のままでいるチズちゃんとミャウダさんを残し、私たちは夕ご飯の時間が近づいていたので、それぞれ家に帰ってしまった。

その次の日、チズちゃんは元通り学校にまたやってくるようになった。お父さんのことなど気にしていないように元気で、もう家のことは話題にしなかった。ただ不思議なことに、あれだけお世話になった当のミャウダさんのところには、もう誘っても来なかった。ずっと仲が良かった自分の家のミッキーとも、毎日一緒って感じじゃなくなってた。

そして家庭の事情、という理由で一ヵ月後には転校してしまった。そのときにきちんとミャウダさんにお礼の挨拶に行ったかどうか気になったけど、わからなかった。

ミャウダさんは、悲しみも落とせる。嫌なことを、忘れさせてくれる。その小さな真ん丸い肉球に吸い込むように。

子供はみんなそのことを知っている。だから、猫の元にせっせと通う。でなければ、子供はどうやって日々過酷な現実の只中で、怪我や理不尽に耐えられるだろうか。傍らに猫がいるからこそ、耐えられるのだ。

「どうして、そんなことができるの？」

訊いてみたことがある。ミャウダさんはすましたように黙って、答えない。

「ミャウダさんの中に、痛いことや嫌なことを全部しまってるの？」

掃除機を想像した。床の汚れを吸い込んできれいにした後の掃除機の中は、埃がたまってパンパンになる。ミャウダさんが吸い込んだ埃は、どこに行くのだ。

〈ううん、ううん。違うー。ご心配いただいてるところ悪いのですがー、猫にとって、人間の泣くことなんか全部、どうでもいいのです。オレには痛くないのです、悲しくないのです。何でもないからやってるんですー〉

無理してるようでもなかったし、本当にそんな感じに見えた。自分が普段、悲しがったり痛がったりするのがバカみたいに思えるほどだった。〈どうでもいいのですー〉とミャウダさんが繰り返す。

大人に怒られたこと、友達と喧嘩したこと、このあたりの子供は、そういうものを全部ミャウダさんの中にしまう。ミャウダさんの体には巨大なブラックホールみたいな穴が空いてるのかもしれない。ミャウダさん、色も黒いし。

私がミャウダさんを毎日囲む一団から離れたのは、この「……落とし」のせいだった。みんながすぐにミャウダさんの前足を握ってしまうのが、何だかずるをしてるみたいで後ろめたかった。

だから私は、みんながミャウダさんに「……落とし」をしてもらってても、見るだけでやってもらおうと頼んだことはなかった。痛いことや悲しいことがあっても、ミャウダさんに全部預けてしまうのは、気が進まなかった。

そんな私の気持ちをよそに、放課後、みんなはミャウダさんに夢中だ。ちょっとしたことで甘えるように前足を握り、ミャウダさんも断らない。

よく笑い、よく泣き、今泣いていたと思ったら、すぐにまたけろっと立ち直っている子供の秘密。大人から見たら、ただ遊んでいるようにしか見えない猫との対話。猫が「にゃーん」と形容される声で、あまつさえ「鳴いている」などと分類され勝手に理解されてしまう感覚は、大人になるまで、子供は知らずにいる。

子供の鳴き真似、小さい子が「ニャーニャー」としてみせるアレだって、大人からはそう見え、聞こえるだけで、本人たちは、その時々の猫の語り口調でそのまま話しているのだ。きちんと、〈あ、それはきっととうもろこしの缶詰めのことですよー〉と真似て話している。

あの、ニャーニャー。

私にはもう、それは言葉としては聞こえないけど。

（二）

「四年生の兼松くんたち、もう聞こえなくなっちゃったらしいよ」

小学三年生にもなると、周りにそういう声を聞くことが多くなっていった。

兼松くんたち、の顔を思い出す。背が高くて、足が長くて、かっこいい男子って感じの彼らのグループ。サッカーの後も、塾帰りも、カブト虫採ってても、学校の行き帰り、ミャウダさんを始めとする猫たちへの挨拶を忘れたことがなく、そんなところもかっこよく見えた兼松くんたち。

そういえば最近、モモちゃんの家の前を通るときも、彼らは庭や家を覗き込んでいなかったような気がする。そうか、もう聞こえなくなっちゃったのか。

考えたら、ぎゅっと胸が痛んだ。

私にも、いつかそれが来るらしいと思ったら、落ち着かなくなる。

一つ上の子たちが、もうできない。兼松くんたちは背も高いし、大人っぽいけど、もっとずっと子供っぽい、身近で仲のいい一つ上の女の子たちの顔を想像してみる。素子ちゃんや奈々枝ちゃんたちは六年生だけど、まだたまにミャウダさんのところに来てるし、飼ってる猫とも話してる。だから、私も大丈夫かも。

聞こえてるものが聞こえなくなるなんて、しかもそれをおかしなことだと思わないなんて、なんだかとても変だ。信じられない。「……落とし」は一度もしてもらったことないけど、ミャウダさんや他の猫と話せなくなるのは、嫌だった。

不安だし、失ってしまって平気なのか、とも思うけど、ミャウダさんに夢中だった子たちは、聞こえなくなった途端に、本当に忘れてしまう。いつ、そうなったのかもわからないほど自然に、もう興味の対象が猫でなくなってしまう。いろいろ他にも忙しくってさ、って顔をして、ミャウダさんのいるモモちゃんの家の前を自転車で素通りするようになる。同じく聞こえなくなった友達と一緒に、彼らには彼らの楽しみが別にあるのだというふうに。


その頃、私に年の離れた妹ができた。

八歳差。ミャウダさんは、妹のことも、うちが今どんな状況かってことも、全部知っていたようだった。妹が生まれた二日後、その日、一人きりで帰宅途中の私を呼びとめた。

〈勝又《かつまた》家に、女の子が生まれたねー〉

じっと、私を見ていた。

ミャウダさんの周りに、その日は誰もいなかった。一対一で見つめ合ったまま、私は何も言えずにこくんと頷いた。

わかっていた。

ミャウダさんを独占できるのは、いつだって、ミャウダさんとの会話を覚えたばかりの幼稚園児か保育園児、または小学校低学年の子たち。私はもう中学年。ミャウダさんは今に、うちの妹とも話をするようになるだろう。

何も言わない私に、ミャウダさんがそっと前足を上げる。肌色の肉球。爪をしまって、穏やかに私の方に伸びる。

〈大丈夫ー？〉

「大丈夫！」

誘うような声に、私は首を振る。平気、平気、平気。言い聞かせるように。

ミャウダさんはそれ以上には何も言わなかった。〈そっかー〉と、何もなかったかのように前足をまた揃え、いつも自分が寝ている縁側の指定席に戻る。はかったようなタイミングで、下級生の子たちがやってきた。ミャウダさんをいじり、「聞いて聞いて」と手を伸ばす。

「……落とし」の緑色の光が、ぽうっと視界の片隅に灯るのを感じながら、私は、そそくさと家に帰った。

　ミャウダさんと妹が会ったのは、それから少ししてだ。

　病院にお母さんを見舞った後で、お父さんと三人、車に乗ろうとしたら、駐車場に黒猫が現れた。

〈文枝《ふみえ》さん〉

　と、いきなり呼ばれて驚いた。ミャウダさんだった。

　怪訝《けげん》な顔をしたお父さんが、ベビーカーに片手を添えたままこっちを見てたけど、近寄ってきたミャウダさんに、私はしゃがみ込んで語りかけた。

「どうしたの？」

　基本、流れ猫のミャウダさんだけど、最近はおなかが重たいとかで、モモちゃんの家以外で姿を見るのは久しぶりだった。もともと縁側と庭でだって、そんなに動かないでどっしりしてるのだ。同じ町内とはいえ、こんな遠い場所まで来るなんて。

〈その子が勝又家の、二人目の女の子ですねー。名前は確か、公子《きみこ》さん〉

「うん」

　ミャウダさんの目は、ベビーカーの中の公子を見ていた。

　私が近づくと、公子はミャウダさんに負けず劣らず大きくて丸い瞳をくりくりさせながら、ミャウダさんを見ていた。赤ちゃんは、力が強い。「あー、あー、あー」と声を上げながら、私を呼び、そのままがっしりと私の指を握る。痛いくらいの力がぎゅっとこもっていた。

　まだ、ミャウダさんの言葉がわからないのかもしれない。生まれて初めて近くで見る猫に、びっくりしているのかもしれない。

　――それとも、ミャウダさんは公子の「あー、あー、あー」で私にもわからない会話を交わしたのだろうか。ミャウダさんなら、できても不思議じゃない。

　昔、〈みんなのことを見てるんだー〉って言ってたミャウダさんだったら、私たちの家に生まれた子供を見に来てもおかしくない気がした。

　公子、離して。と思う。

　握られた指に、小さな爪が食い込んで痛かった。きっと痕がくっきりついてしまう。これまでも何回もあった。離そうとしても、嫌々をするみたいにますます強く握って、強引に離れるとぐずって泣き出す。

「文枝、行くよ」

　お父さんが言う。ミャウダさんに向け、しっしって追いやるジェスチャーをする。うちは動物を飼ったことがないし、お父さんにとって、たぶん猫は怖いものなのだ。公子に襲いかかるくらいに思ってるのかもしれない。そんなわけ、ないのに。

「ごめんね」

呼びかけ、公子に指を握られたまま行ってしまおうとすると、ミャウダさんは〈気にしてませんー〉と大きく欠伸《あくび》をし、駐車場の端っこにある草むらに向けて歩いていく。別の猫が〈あ、ミャウさん、ミャウさん！〉と懐かしい友達に会ったように駆け寄っていく。ミャウダさんは、さすが遠い場所まで来ても顔が広い。

違う猫の縄張りに来て、喧嘩したりしないかな。

心配だったけど、次に振り向いたときにはもう、猫たちの姿はどこにも見えなかった。

縄張り、と考えたことで、そっか、と思う。

ミャウダさんは、本当に、私と公子を見に来たのだ。違う縄張りまで、わざわざ。ミャウダさんの姿が見えなくなったことで警戒を解いたように、公子が私の指を握る力が緩んでいた。その隙をついて指を抜く。つねられたような痛み。赤くなってる。公子の涎《よだれ》で濡れていた。

今は怖がってるのかもしれないけど、お前もそのうちあのミャウダさんにお世話になるんだよ、と心の中で呼びかける。公子はお父さんの車のチャイルドシートに移されてすぐ、寝てしまった。

赤ちゃんにはもう、どんなに小さくても爪がある。ミャウダさんに落としてもらわなきゃならない汚れみたいな嫌なことは、あるのかどうかまだわからない。

私がミャウダさんと話せなくなったのは、その翌年、小学校四年生の夏だ。もう、猫の言葉は聞こえない。

（三）

私は、悲しみの真っ只中にいた。公子はまだ、一歳にもなっていなかった。

学校を何日も休んで、そのまま、もう、何もしたくなかった。必要なことが全部終わっても、学校に平然と行く自分のことが想像できなくて、涙も、泣きすぎてもう頬っぺたがひりひりするやら、泣いた気はするけど本当は泣いていなかったのかもしれず、よくわからなかった。

うちのお母さんが、死んだ。

妹を産むときから、無理かもしれないって言われてたらしい。もともと身体が丈夫な方じゃなかった。産むことをおばあちゃんに反対されたり、大人の事情はいろいろ、たくさんあったらしい。わかんなかった。いろんな話を後から聞いて、どれを正確に理解してたのかしてなかったのか、曖昧だけど、当時から家の中に漂ってた不穏なあの空気のことはよく覚えてる。うちが何か変わってしまうらしいってことを、肌でピリピリ感じていた。嫌だった。

変わらないでほしかった。

妹なんていらないから、お母さんに今まで通りいてほしかった。

いらない、いらない、いらない。

公子が生まれてから、お父さんもおばあちゃんも、公子にかかりきりになった。私のことは全部、一人でできるでしょって感じだった。その上、お母さんもいない。もう、会えない。

公子。

何にもわからない公子。お母さんのお葬式でも場違いなとこでぐずって泣いたり、それどころか、みんなが泣いてる最中にキャラララって声をたてて笑ってしまう公子なんか、大嫌いだ。

〈文枝さんー〉

学校にまだ行きたくないと駄々をこね、家で寝そべっていると、縁側のガラスをカリカリ引っ掻く音が聞こえた。

ミャウダさんだ、とすぐわかった。

すりガラスの向こうに、ぷっくりした黒い体が見える。

薄目を開けて、寝たふりを続けようとしたけど、ふくふくした髭の周りの頰っぺたの感触や、喉の下を鳴らすときのあのゴロゴロした振動と声を思い出したら、無性に懐かしくなった。

しばらく誰にも会っていなかったし、まだ会いたくなかったけど、ミャウダさんにならば会いたい気がした。

窓を開けると、ミャウダさんはもう引っ掻くのをやめて行儀よく縁側に座っていた。全部、わかってた、というように。

〈開けてくれると思ってました―〉

猫はいつも、わかっているのだろう。真ん丸い目で、たとえ、わかっていなかったとしても、わかってた顔をするのが許される。それが猫。

おばあちゃんは近所に出かけていて、家には今、私と公子の二人だけだった。ベビーベッドに寝た公子。ベッドの脚に貼ってあるハート型のシールは、雑誌の付録だったやつをお母さんが貼ったのだ。

喉の下を撫でる。無言でやると、ミャウダさんは気持ち良さそうに目を細め、すぐに指に振動を伝えてくれた。ゴロゴロゴロ。

〈文枝さん〉

目を細めたまま、軽く、本当にたいしたことないのだというように前足を上げる。肌色の、真ん丸い肉球。「……落とし」されたくないから、ミャウダさんの肉球には、私、触ったことない。

〈触るー？〉

悲しみを吸い込み、人間のそれなど取るに足らないことだからと、呑み込みためる「……落とし」。

一度も、したことない。

後ろめたいことだと思ってた。みんなが、少しの怪我や悩みをミャウダさんに吸い込ませて、知らないまま、忘れたまま、許されてしまうのは恥ずかしいことだと思ってた。

ベビーベッドの上で、公子が「あ」と声を出した。赤ちゃん特有の、泣き声のような、あの声だ。お母さんの貼った、ベビーベッドのシールが見える。

ミャウダさんが目を開けて、じっと私を見上げていた。こんなにまっすぐに、誰かに覗き込まれたことはない。

〈もうそろそろ、いいと思うんですー〉

ミャウダさんの喉の下から、指を離す。

手が震えていた。思い出す。お母さんの、いろいろ。公子の生まれる前によく作ってくれた料理の数々。読み聞かせてくれた本の数々。大きくなっていくおなか。公子が生まれてからのこと。もう食べられない、お母さんのハンバーグ。

元通りに、なるんだろうか。

そっと手を伸ばすと、磁石のNとSがくっつくみたいにぴったり、引き寄せられるように、手のひらがミャウダさんの肉球についた。

わあ、と声が出る。

びっくりするほど柔らかいけど、ぷにっと弾力がある。他の猫のもずいぶん触ってなかったから忘れてた。こんなに気持ちいいんだ。心がふわっとするんだ。

〈いくよー〉

ミャウダさんの声がするけど、いつも聞こえるのより、ずっと遠く聞こえる。「うん」と私は頷く。任せてしまっていいんだ、と思う。

身体が宙に浮き上がる。今、空を飛んでいる。

確かにそう思う。身体が浮かぶ。手のひらから順にすっぽり、見えない何かに包まれていくようだった。横で友達がやってるところなら何度も見てきたけど、これがあの緑色の光の中なのだろうか。心地よく、息を一つすると胸の中にまっさらな空気が送り込まれるように、呼吸がだんだん、楽になっていく。

いろんなものが見えた。私ではない誰かが見た光景、感じたこと。

ジャングルジムで泣いてる記憶。血がいっぱいの、恐ろしい傷跡。こんなに血を流しちゃってどうしよう。混乱。

あるいは、盗んでしまったボールペン。ない、ない、と泣きそうになりながら探している友達の青い顔。もう、戻せない、だけど、持て余している。もういらない。

告げ口、失恋、人に見せられないテストの点数。

裏切り、後悔、両親に本当は仲良くしてほしいこと。

整理して、しまってあった引き出しがすべて開いて、混ざり合い、中味が溶け合いながら私を溶かしていく。嫌な感覚ではなかった。身体が呑まれていく。

全部、全部、取るに足らないこと。

人間のことなんて、猫には消化する必要もないこと。ミャウダさんのブラックホールの中味。

開いた引き出しの一つ、一番下の段が空っぽだった。

見て、即座に悟る。あれは、私のための場所。私をしまうための場所。プールに入るときのように、私は息を止め、緊張しながら飛び込みの準備をする。指先を緊張させ、かがんで、さあ、今！


そのときだった。

「あ」

と声が聞こえた。

「あ、あ、あ」

ぐずるような、泣き出す一歩手前の声。邪魔しないで、と私は思う。咄嗟《とっさ》に。だけど、正直に。公子の声。赤ちゃんの「あ、あ」。

沸騰する前のやかんが少しずつ蒸気を吐き出すように、ふー、ふー、と煮え立つように声が揺れる。とうとう、公子が泣き出した。

ミャウダさんの引き出しに今しも飛び込もうとしていた私はバランスを崩し、空中分解した心を抱えたまま、自分が通り抜けてきた場所を思い出す。自分の来た場所を仰ぎ見る。海の底から、海面の遥か上の太陽を見つめるように。

公子。私の妹。

「あああー、あああー」

泣いてる公子が、「お姉ちゃん」と言ってることが、なぜだかはっきりわかった。お姉ちゃんではないかもしれない。あるいは「文枝」。私の名前。ともあれ、どちらにしろそれは私のことだった。公子に意識され、思われている。公子は、私という人間のおよそすべてを、全力で呼んでいる。

その途端、指がじん、と痛んだ。

いつも、公子につかまれる指。どの指も、一度は爪の痕をつけられるほど強く握られてきた。ミャウダさんに怯えたときも。いずれ、お世話になる大事な監督猫のミャウダさんさえ怖くて、公子は私に縋《すが》ってきた。何度も何度も、離そうとしたのに。

手のひらに、公子の爪とミャウダさんの肉球の両方の感触が戻ってくる。水底に潜ったつもりでいた、吸い込まれた自分は、もうどこにもいない。

目の前では、ミャウダさんがじっと私を見ていた。

泣いている公子の声は、本物だ。私を呼んでる。緑色の光が、じわじわじわじわ、広がったり、小さくなったりしながら、私たちの周りを包んで飛んでいる。

ミャウダさんの目が、試すように、私の心の奥底を見透かすようにこっちを見ていた。

その途端にわかった。

私が本当にしたいこと。

「ミャウダさん」

できるだけしっかりと聞こえるように、呼びかける。

「『……落とし』、やめる」

尻尾の先から電流がビッと走ったみたいに、声を受けたミャウダさんの身体がピン、とまっすぐになった。身震いするように、ぞわっと姿勢を正す。それでいて、真ん丸い目が穏やかに私の決心を肯定していた。知ってましたよー、というように。

〈そろそろ、いいかなって思ってたんですー。文枝さんは、そろそろ〉

公子が背後でまだ泣いてる。行ってあげなきゃ。指をつかませなきゃ。

あの子は、私が食べたお母さんのハンバーグを一生食べることができない。嫌がられ、邪険に振り払われても、私の指に爪を立てるしかない。妹だから。そして、私は、お姉ちゃん、とあの子に呼ばれている。ミャウダさんと繋がったから、今、そう聞こえるのだろうか。この悲しみは私のもの。

重ね合わせた肉球に引き寄せられるようだった私の手のひらに、今度は逆にミャウダさんの前足の方が吸い寄せられてくる。覗き見たと思った感情が水のように流れ、柔らかい肉球から伝わってくる。

ミャウダさんの身体から流れる感情の水は、洪水だった。だけどもう、呑み込まれることはたぶんない。

みんなこうしてきたのだと、その瞬間に悟った。

「……落とし」で封じ込めた感情や傷を、みんな言葉を失うと同時に自分の中に取り戻す。ミャウダさんから、それに相応しいタイミングで受け取る。

まだ、ダメ。

思う。

まだ、話したい。まだ、ダメ。

ミャウダさんに渡してしまおうとした悲しみは、少しも減らない。お母さんはいない。いらない宿命ももらった。公子は泣いている。それはどこに逃げてもどうしようもない真実。私は姉。

気絶するほどの時間が、たくさんの記憶と一緒に流れた。悲鳴を上げそうになる。ミャウダさん！

〈いいことを教えてあげるー〉

お母さんと別れるビジョン。泣く公子を、留守番のとき、何度も叩きそうになった私の手。公子なんか、捨ててきて、と泣く私。お母さんを取られる。おばあちゃんを取られる、お父さんを取られる。「子供」であることを、取られる。

逃げられない、本当のこと。どこにもしまえず横たわる、私の全部。

〈猫が眉間を触られて気持ちいいのはねー。子猫のときにおっぱいを飲んで、おでこがお母さんのおなかに当たってた、それを思い出すからなんだー。あと、眠くなると羽毛布団を踏み踏みするのも、おっぱいを捜してるからなんだー〉

ミャウダさんが、教えてくれる、これが最後になるんだってことを私は理解してた。

「うん」と頷く。「うん、うん」

〈文枝さんー。さようならー〉

ベビーベッドの上で眠る公子に指を握らせる。泣きやむ気配はまるでなく、つかむ力がただ強い。私を離さない。

開け放たれた窓の向こうで、黒猫の尻尾が揺れる。年老いた猫の間延びした鳴き声が聞こえる。

「ミャーン」

夏の風鈴が、揺れる。鈴の音のような鳴き声が、だんだん遠くなっていく。モモちゃんの家にいつもいる、基本流れ猫のミャウダ。帰っていく。こっちを見もせず。

(四)

あれから、何年経っただろう。

今日公園で、娘が急に私の手を振りきって、興奮したように走り出すまで、忘れていたことだった。

「ミュウ！」と呼びかける。

ベンチの下でうずくまる、黒猫。

全速力で向かってくる子供の存在を意にも介さない、堂々とした姿。娘と猫。

その瞬間に、涙が出るほど痛烈に頭の芯が痛み、思い出した。

今、扉をこっそり開けたかのようにふいに思い出したこのことは、明日にはもう忘れてしまうかもしれない。もう聞こえない猫の言葉を、確かに聞いていたこと。子供がどうやって日々を耐え、生き、痛みや悲しみを取り戻し、宿命を受け入れる決意をするか。

きっと、忘れてしまう。

だから、書き留めておく。心当たりがある他の人が、私のように、これを読むことでまた一日か二日でもいいから、自分の猫のことを思い出せるように。

八歳下の妹がミャウダさんに夢中になったとき、私はもう、ミャウダさんに監督されない子供になっていた。クラスでは、猫の言葉が聞こえなくなったのは早い方。


大人になった、今ならわかる。

監督する必要もない子供を、責任を感じて見ていてくれるのは猫の優しさ。本当ならしなくていいことを、彼らはきっと選び取って、やってくれてたのだと。

娘が黒猫ミュウの前足を持ち上げると、肉球が見えた。

甘く柔らかな記憶は、触れれば切れるように冷たい一時期と背中合わせに同居していた。

猫は娘にそうされても、逃げもしないかわりに、喉を鳴らすこともしない。娘が笑い声を上げながら、足を離す。

猫はただ眠そうに、朦朧としたように薄目を開け、秋の落ち葉を布団を押すように踏み踏み、踏み、踏み踏みしていた。

# 完璧な涙

仁木　稔

仁木稔（にき・みのる）は七三年生まれ。〇四年に、〈ハヤカワSFシリーズ　Jコレクション〉から刊行された長篇『グアルディア』でデビュー。核戦争とウイルス性疾患により文明が壊滅、遺伝子汚染により、異形の人類がうごめく地となった中南米を舞台に、知性機械の生体端末である少女とその従者である不老の少年、生体甲冑をまとった青年と彼が連れた謎の少女という二組の男女を中心に、激しい闘争と愛憎劇を描く。文明崩壊後を舞台にしたロストテクノロジーをめぐる争い、という古典的とも言える物語を、ラテン・アメリカ文学の豊穣さと接続することでアップトゥーデイトした作品。重厚で精緻な世界観も、高く評価された。同作は前日譚である『ラ・イストリア』（〇七年）、『ミカイールの階梯』（〇九年）とともに〈HISTORIA〉シリーズをなし、長大なるサーガを形づくっている。他の著作にアニメ『スピードグラファー』のノベライズ（全三巻、〇五年）がある。

仁木がトリビュートしたのは『完璧な涙』（九〇年）。舞台となるのは、地球が砂の星と化し、人類が銀妖子という不思議な存在に頼って生きる未来。感情を持たない少年・有現は、砂漠で、少女・魔姫と運命的な出会いを果たす。だが、それもつかの間、長い眠りから突如、目覚めた一台の戦車がふたりを引き裂く。自律駆動する完璧な戦闘機械としての戦車に追われながら、出会いと別れを繰り返すふたりは、やがて時間をめぐる巨大な対立の中心へと誘われていく……という物語。東城和実によってマンガ化もされている（全二巻）。

仁木のトリビュートは、ヒロイン・魔姫に焦点をあてた外伝的一作。孤島にたったひとりで暮らす男の元に、突然、現れて消えた不思議な赤ん坊。たびたび姿を現す彼女は、その都度、成長し、やがて絶世の美少女としての顔を見せる……。健気で、けれどどこか妖しげな少女・魔姫は、神林作品の中でもとりわけ印象的な女性。そんな魔姫の蠱惑的な美しさを、彼女に惹かれつつ、不条理な時間に翻弄されていく男の慟哭を通じて描く本作は、原作の魅力が端正に結晶化された名短篇である。

# 1

最初は、猫だと思ったのだ。

か細いその声は波音や木々のざわめき、そして釘を打つ音に紛れ、耳に届いてもしばらく意識には上らなかった。気づいたのは、手を止めてからだった。

男は金槌を握った手で額の汗を拭い、視線を巡らせた。彼が住む小屋は小高い岬の上にあり、海に向かって左手は切り立った崖が続いていたが、右手には小さな白い砂浜が見下ろせた。鳴き声は、どうやらそこから聞こえてくる。

大工道具を抱えて梯子を降りた。屋根の修理は、じき終わる。それよりも好奇心が勝った。男がこの島に流れ着いて以来、猫など姿はおろか声もなかった。猫だけでなく、虫や魚以外の動物も棲息していないようだった。

急斜面を下りる間、点々とした流木とは異なる、小さな塊が見えていた。彼自身が、最初に目覚めた場所だ。近付くにつれ、白い布の包みだとわかった。包まれたものが鳴き声を発している。男は足を速めた。自分の目が信じられなかった。駆け出した。

足を止め、呆然と見下ろした。照り付ける太陽が作る男の小さな影の中、小さな四肢をばたつかせ、声を限りに泣いているのは、人間の赤ん坊だった。

どれくらいそうして立ち尽くしていたのか。大粒の汗が、赤ん坊の真っ赤になった顔の上に落ち、男は我に返った。身を屈め、熱い砂の上から赤ん坊を抱き上げた。生まれたばかりの猫の仔みたいに、ぐにゃぐにゃして頼りなく、抱きづらかった。しかも仔猫よりずっと重い。ひきつけでも起こしているかのように大きく仰《の》け反《ぞ》っては、固く閉じた両目の縁から小さな涙の粒を搾り出して泣いている。駆け出しそうになる衝動を抑え込み、男は足早に小屋へと引き返した。

片手で岩や灌木に掴まりながら斜面を登っていると、泣き声が弱まった。胸元に視線を落とした。赤ん坊は目を開いていた。断続的に泣き声を漏らしながら、男をじっと見上げる。濡れた、真っ黒な大きな瞳だった。男は息を飲み、動きを止めた。赤ん坊は目を逸らさない。魅入られて、男も見詰め返した。不意に身震いして顔を背けると、再び帰路を急いだ。

一間しかない小屋に入り、粗末なベッドの詰め物が飛び出たマットレスに赤ん坊を置いた。ようやく一息ついて、その隣に腰を下ろす。ベッドが揺れて軋《きし》んだが、赤ん坊は泣かなかった。黒い瞳を動かして周囲を見回している。男も、今度は落ち着いて赤ん坊を観察した。

生後何ヵ月くらいなのか見当も付かないが、まだ立ったり這ったりはできないように思えた。泣いている時に見えた口の中は、真新しいピンク色で歯もなかった。ただ、髪は黒々として濃く、指で梳《す》けそうなほど長い。男は手を伸ばし、実際にそうしてみた。細く柔らかな髪は、汗でわずかに湿っていた。皮膚の赤みは薄れつつあった。色の白い子なのだ。

いったいこの子は、どこからどうやって来たのだろう。

流れ着いたはずはなかった。青い小さな花を散らした産着《うぶぎ》は湿ってさえおらず、砂が少し付いているだけで清潔だった。服が乾くほどの長時間、炎天下に置かれていたにしては、衰弱している様子はない。浜辺にはこの子が乗せられてきたと思われる物、小舟や箱の類も見当たらなかった。足跡も、男自身のものだけだった。

仔猫のような泣き声を男が聞き付けた直前、あの場所に忽然と出現したとしか思えない。ため息をつき、丸い頰を指先で撫でた。その手を赤ん坊は意外なほどしっかりした力で摑むと、口に運ぼうとした。

男は苦笑し、小さな手をそっと解いた。赤ん坊は機嫌を損ねて唸った。水を飲ませることを思い付き、男は立ち上がった。部屋の隅のプラスチックのタンクから、凹んだ金属のカップに水を注ぐと、再びベッドに腰を下ろした。赤ん坊を左腕に抱き、唇にカップを押し当てて慎重に傾けた。赤ん坊は噎《む》せて水を吐き出した。

火が点いたように泣く、とはこのことだろう。白かった顔が、たちまち真っ赤になる。男は慌てた。不器用に背中を擦《さす》ったが、赤ん坊は泣き止まなかった。指先を水に浸し、舐めさせてみた。赤ん坊は一度は吸い付いたものの、すぐさま頭を振って指から逃れると、いっそう盛大に泣いた。

井戸から汲んだばかりの水なら飲んでくれるかもしれない。赤ん坊をベッドに残し、戸口へ向かった。背後で泣き声がやんだ。

スイッチを切ったように、唐突に。男は振り返った。赤ん坊は消えていた。


限られた道具と資材で可能な限りの小屋の修理を終えてしまうと、食糧を確保する以外にすることがなくなった。島は食糧が豊富だった。小さな海岸は遠浅で貝や魚が簡単に手に入ったし、森には食べられる実の生《な》る木々が無数にあった。

男は毎朝、柱に刻み目を一つずつ付けていた。そうすることを思い付いたのが漂着から数日後だったので、正確な日数かどうかは少々自信がなかったが、赤ん坊が忽然と出現し忽然と消えたのは十七日目のことだった。その日の印を、男は二重にして他と区別が付くようにした。そうしてさえ、数日もするとあれは夢だったのではないかという気がしてきた。元々、島に来る前の記憶をほとんど失くしているのだ。島での記憶は明確だと思っていたが、それも怪しくなりつつある。

島はほぼ全体が森に覆われているようだった。太陽も見えないほど深いその森を踏査した時の感覚からすると、島の形は中央が小高くなった円で、直径は二キロほどだろうか。岬の下の小さな浜を除き、海岸はすべて崖だ。日中の気温は高く、毎日のように驟雨《しゅうう》が降った。

岬の向こうの水平線に、巨大な夕陽が沈んでいく。二重の印の日から、ちょうど二週間後の夕刻、森から戻ってきた男は、小屋の傍に立つ大樹の下に小さな人影を認めた。

二週間前と違って、それほど驚かなかった。小さな女の子だった。白いワンピースから白い手足が覗き、影のように黒い髪は肩のところで切り下げられている。足音に振り返り、大きな黒い瞳で男を見た。あの赤ん坊だ、と彼は確信した。

「お魚、お洗濯したの？」

頭上を指差して、女の子は尋ねた。枝から枝に渡した蔓《つる》に、開いた魚が何枚も吊るしてある。

そうだよ、と男はいい加減な返事をした。島の気候はまだよくわからない。季節が変われば食糧が乏しくなるかもしれず、退屈しのぎも兼ねて保存食を作ることにしたのだ。腕に抱えた籠に山盛りにした木の実も干してみるつもりだった。

「どこから来たんだい」

「おうちから」

「おうちはどこにあるんだい」

　女の子が答えた地名は案の定、聞き覚えがなかった。名前を訊かれると、女の子は即答した。

「マキよ。悪魔の魔に、お姫様の姫」

「すごいな」男は苦笑した。「字が書けるの」

　黒髪を揺らして、きっぱりと首が横に振られた。

「魔姫ちゃんは何歳かな」

　指を三本突き出した。「おじちゃんは何歳？」

「さあ、忘れてしまったよ……お兄ちゃんじゃなくて、おじちゃんに見えるんだね？」

　こくんと魔姫は頷いた。男は片手を上げ、伸び放題の髭を撫でた。小屋に鏡はない。ほかの多くのことと同様、自分の顔も思い出せなかった。

「だけど、名前は憶えているよ」半ば、自分に言い聞かせる。「サトウというんだ」

　その場にしゃがみ込むと、籠を傍らに置いた。魔姫を手招きすると小枝を拾い、地面に佐藤と大きく書いた。魔姫はしゃがんで覗き込んだ。

「普通はこういう字を書くんだけどね、わたしは違うんだ。こう書く」

佐藤の隣に、砂棠、と書いた。理解できているとも思えないが、魔姫は興味津々の表情で彼の手許を見詰める。

「魔姫は、こうだ」

書いてみせた砂棠に魔姫は生真面目な顔で頷き、自分も小枝を拾って地面を引っ掻き始めた。「魔姫」と書いたつもりらしい、ごちゃごちゃした線の塊を満足げに眺めると、続いて描いたのはお姫様と思《おぼ》しい線画だった。小さく、砂棠は笑った。声を立てて笑ったのは久し振りのような気がする。この前笑ったのは、いつだったろう。考え込む彼を魔姫が見上げ、鈴を転がすように笑った。

可愛い子だ。つられて微笑み返しながら、砂棠は思った。笑顔が可愛いだけでなく、目鼻立ちも整っている。将来、美人になるだろう。

「この間、ここへ来た子は、やっぱりきみだったと思うんだけど……憶えてるかな」

その問いに、魔姫は首を傾げた。「来たの？」

「赤ちゃんだったけどね」

できるだけ噛み砕いて、詳しく話した。産着の模様について話が及ぶと、魔姫が遮《さえぎ》った。

「それ、魔姫の。赤ちゃんの時、着てた。写真で見たよ」

赤ん坊の頃、一時的に行方不明になったことがないだろうか。親からそんな話を聞いていないかと尋ねたが、魔姫は首を傾げるばかりだった。

砂棠は地面に腰を下ろすと、無心にお絵描きをする少女を眺めた。ふと、籠の木の実に目を留めた。サクランボほどの大きさの赤い実だ。

「この果物は砂棠というんだ。わたしと同じ名前だよ。というか、わたしがこれと同じ名なんだな」

魔姫は手を止め、男と果物を見比べた。

「森には食べられる実の生る木がいろいろあるんだが、砂棠の木が一番多い。わたしはたくさんのことを忘れてしまっていてね。最初は自分の名前まで忘れていた。だが森でこの木を見たら、思い出せたんだ。同じ名前だ、ってね。食べてごらん、おいしいよ」

よく熟れた実を選んで差し出した。魔姫は嬉しそうに口を開けたが、唇から滑り込まされた果実を一口齧《かじ》った途端、顔をしかめて吐き出した。

「変な味」

泣きそうな顔で砂棠を睨む。悪くなった実だったのだろうか。それとも、子供には酸っぱすぎたのか。ごめんごめん、と言いながら、彼は一つ食べてみた。わずかな酸味とともに、充分な甘さが広がった。

魔姫は眉をきつく寄せて、口の中を舌で探っている。うがいをさせるため、裏手の井戸まで連れて行った。沈む陽に、白いワンピースと白い手足が紅く染まる。

「少ししょっぱいが、きれいな水だよ」

水を口に含むなり魔姫は再び吐き出し、わっと泣き始めた。泣き声は赤ん坊の時と少しも変わらない。宥《なだ》めようと、砂棠は身を屈めた。仰向いてしゃくりあげながら、魔姫は何か言っている。どこにいるの、と繰り返すのが聞き取れた。

「お母さんとお父さん？」

尋ねたが、魔姫は首を横に振って泣き続けた。赤くなった頬を涙が流れ落ちる。砂棠は途方に暮れた。すでに彼女は、この間よりも長く留まっている。今回は無事に帰ることができるだろうか。

「どこにいるの……」

「友達？」

「わかんない。いなくなっちゃった。探しに来たの」

泣き続ける幼い少女を砂棠は凝視し、やおら立ち上がった。周囲を見回す。

「ここに、いるのか」

鋭く尋ねた。魔姫は頷いた。砂棠は再び跪《ひざまず》き、彼女を見詰めた。

「ここに、この島に来るのか。魔姫ちゃんのように」

わたしのように――胸中で呟いた。自分がその尋ね人であったらいいと、期待していることに気づいた。だが魔姫はもどかしげに、いるの、とだけ言った。それからまた、どこにいるの、と泣いた。

「もう遅いよ。おうちに帰りなさい」

そう言ってみた。実際、すでに太陽は水平線の向こうだ。魔姫は泣くばかりだった。

「じゃあ明日、一緒に探そう」

すると魔姫は仰向けていた顔を真っ直ぐにして、砂棠を見た。二人は手を繋いで小屋へ入った。

魚と果物の夕食を、魔姫は頑《かたく》なに拒絶した。砂棠も無理強いはしなかった。本当に空腹になったら食べるだろうし、三歳の子供でも一食抜いたくらいで死にはすまい。

　二脚あった椅子のうち、一脚は屋根や壁の修繕に使ってしまっていた。ベッドに腰掛けた魔姫は、なおもしくしく泣き続けていたが、やがて泣き疲れたのか人形のように横倒しになった。砂棠はその身体を抱き上げた。眠る子供は力が抜けてぐったりとしていたが、赤ん坊のような頼りなさはなく、確かな存在を主張していた。

ベッドに横たえられた魔姫の手が、砂棠のシャツをしっかりと摑んで放さなかった。迷った挙句、彼はその手を引き剝がさずに、傍らに身を伸ばした。毛布代わりのコートで、小さな身体をくるむ。漂着した時、着ていた物だ。

島は、昼間は暑いが夜は冷えた。魔姫がいつ、どのように消えるのか見張っているつもりだったが、胸に抱いた温かく柔らかい身体の心地よさに、いつの間にか眠りに落ちていた。

　翌朝、砂棠は独りで目覚めた。起き出すより早く、スコールが島を通り過ぎ、魔姫が地面に描いた絵も吐き捨てた砂棠の実も、すっかり洗い流してしまった。

## 2

　静かに泣く声を、夢の中で聞いていた。目を開いた時には、もう彼女だとわかっていた。ガラスのない窓の前に立ち、ほっそりした身体に月光をいっぱいに浴びて、少女は声を殺して泣いていた。

　砂棠は身を起こした。少女は振り返った。

「やあ、魔姫ちゃん。久し振りだね」

　魔姫は無言だった。仄白《ほのじろ》い光に、両目がきらきらと光っている。

「大きくなったね。おじさんのこと、憶えてるかい」

　頷いて答えた。「果物と同じ名前のサトウさん」

「よく憶えてたね。幾つになった」

「七歳。もうすぐ八歳」

「まだ、誰かさんを探してるの？」

魔姫は再び頷いた。頬の丸みを、涙が月光とともに流れ落ちた。

「ここにいるかと思ったのに、いなかったの。砂棠さんは、何か思い出せた?」

「そんなことまで憶えていてくれたのか」意外なほどの嬉しさを覚え、彼は笑った。「残念ながら。三歳のきみが来てから、こっちではまだ四日しか経ってないんだよ」

魔姫は驚いた様子もなかった。両手で涙を拭った。砂棠はベッドから下りて彼女に歩み寄った。

「きみが探してるのは、誰なんだい」

「わかんない」かぶりを振ると、腰まで伸びた黒髪が重たげに揺れた。「だけど、彼はわたしの運命の人よ」

ませた物言いに、砂棠は苦笑した。「いつか、会えるんだね」

「違うわ」強い口調で答えた。「わたしは彼とずっと一緒にいたの。だけど離れ離れになっちゃったんだわ。傍にいてあげなくちゃいけないのに。だから、探してるのよ」

……ああ、彼女はその男に恋をしているのだ。無言で、砂棠は目を見開いた。胸を刺した痛みは、自分がその尋ね人ではないと知った落胆だった。

声もなく涙を流す少女の前に膝を突き、そっと背に腕を回した。ずっとこうしていたい。そう思った。孤独を埋めたいのではなかった。記憶もなく、孤島にたった一人でも、不安や寂しさを感じたことはなかった。ほかの誰でもない、魔姫だけが欲しかった。せめて太陽の下で、成長した彼女の顔を確かめたかった。だが砂棠は白い頬を濡らす涙を拭い、優しく囁いた。

「ここにはいないんだろう？　今夜はもう帰りなさい。また、探しにおいで」

こくんと頷くと、魔姫の姿は一瞬で掻き消えた。温かさと柔らかさの感覚だけ、砂棠の腕に残して。


その後も、魔姫は繰り返し現れた。彼女に会えなくなることを恐れて、砂棠は小屋を離れられなくなった。彼がいなくても砂棠さんに会うまでは帰らないわ、と彼女は言ってくれたのだが。

訪問の間隔は、砂棠にとっては数日から数週、魔姫のほうの時間は数年経っていることもあれば数ヵ月足らずのこともあり、どちらにも周期性は見出せなかった。ただし、二人の時間の流れの方向は同じだった。十四歳の魔姫の後に五歳の魔姫が訪れるようなことはなかった。

成長していく少女と、砂棠はいろんな話をした。

「きみは、きみの尋ね人が現れる時空を探しているんだと思う」

「時空？」

十一歳の魔姫が首を傾げる。島は真昼だったが、彼女はパジャマ姿だ。岬の先端で、海風に捩れた木の陰に並んで腰を下ろしている。寝乱れた長い髪を、風がさらにくしゃくしゃにする。

「時間と場所を合わせてそう呼ぶんだよ。彼はこの島の、それもこの小屋の周辺に現れるようだ」

「現れるんじゃなくて、いるのよ」

彼女は訂正した。砂棠は小石を拾って海へと投げた。

「魔姫ちゃんの感覚ではそうなんだろうけど、わたしにしてみたら、現れる、だよ。まあいい。きみは彼がこの地点にいるのはわかっているが、どの時点にいるのかは知らない」

「どうやったらわかるのかしら」齢に似合わない重いため息をついた。俯《うつむ》いて、滲んだ涙を隠す。「いつになったら会えるのかしら」

「確定していないかもしれない。少なくとも、わたしやきみからすればね」

魔姫は顔を上げ、瞬きして砂棠を見た。長い睫毛《まつげ》に、涙が弾かれる。少し難しすぎたようだ。砂棠は言葉を探した。

「きみは、彼がここにいることを感じて、元の時空から引き寄せられる。彼の、気配のようなものが感じ取れるんだね。そしてそれは、強い時と弱い時がある。ここに来てみなければわからない」

「せっかく探しに来たのに、また遠くへ行ってしまったと感じられることもあるし、すぐ傍に感じられる時もあるわ。見えないし聞こえないけど、匂いや息遣いが感じられそうなほど近くに感じることもある」

生真面目な表情で答える魔姫は、十三歳だ。ブーツを脱いで、ベッドの上で膝を抱えている。コートとセーターも傍らに丸めて置かれていた。彼女の時空は冬だったのだ。厚手のシャツの袖を捲《まく》り上げている。ほっそりした身体つきは変わらないが、ぷくぷくしていた頬の線は幾分削《そ》げた。

「その感覚も、時間が経つと薄れてしまうんだね」

確認の質問をする。魔姫の滞在時間は、気配の強さに対応していた。気配が薄れると自動的に元の時空に引き戻されるのか、それとも自身の意思で帰還しているのか、砂棠は尋ねていなかった。意思で滞在時間を延ばせるのなら、まだ帰らないでくれ、ここにいてくれ、と懇願してしまうのは目に見えていた。

滞在時間がどれくらいだろうと、魔姫の本来の時空では、せいぜい数分しか経過していないという。今のところ、彼女が別の時空との間を行ったり来たりしていることは気づかれていない。

「お父さんは、もしかしたら気づいているかも。百年以上生きてるんだもの。二百年以上かもしれない。もう自分でもわからなくなってるんですって。信じる？」

魔姫はまだ十三歳だったが、季節は夏に差し掛かっていた。前回、脱ぎ捨てた防寒着を、彼女は触れることなく一緒に持ち帰った。砂棠の記憶のほかに、彼女は訪問の痕跡を残さない。

「信じるよ。こうして魔姫ちゃんを目の当たりにしているのだからね」

そう言いながらも、砂棠はわずかに視線を逸らした。あどけなさに艶《なまめ》かしさが加わり始めた美しい顔と、潮風に煽られる薄地の服に浮き上がる肢体の曲線から。

「空間の中での移動は障害物でもない限り簡単だが、時間の中では一方向にしか移動できない。それが常識だ。しかしきみは空間と一緒に時間も、つまり時空を移動しているんだ」

「ある地点から別の地点への移動は、その間の空間を通過しなくちゃいけないけど、わたしはどこも通過しないで一瞬で時空を移動するのよ」

大人びた口調で魔姫が反論する。白い砂浜の照り返しに目を細めながら、砂棠は答えた。

「一瞬というのはきみの主観であって、別の視点から観測すれば、どこかを移動してきているのかもしれないが、それは措《お》いておこう。時間というのは、常に一定の速度で一定の方向に流れる唯一無二のものではないかもしれない。人間の意識の流れは、その人固有の時間の流れだと考えたらどうだろう。人間一人ひとりが、固有の時間の矢を持っている。一人の人間は一本の矢なんだ。その軌跡――時間軸と呼んでもいいかもしれないが、普通は直線だ。皆、同じ方向へと伸びている。空間も時間を持っていて、人間たちの時間と同じ方向に流れている。それが正常な状態のはずだ。

きみはどこかの時点、どこかの地点で彼と出会ったが、その後はぐれてしまった。普通なら、地点が別々になってしまっただけだ。時間は同期している。だけどきみたちは時点も別々になってしまった。それぞれの時間軸が歪められ、もはや同期していないんだ。空間が持つ時間軸とも同期していない。きみが時空の移動を繰り返しているのは、きみの歪められた時間軸が時空と交わったり離れたりしているからだろう」

考え抜き、選び抜いた言葉を慎重に口にする。彼女がいない間、考えるのは彼女のこと、彼女に語るべき言葉だけだ。浜は潮が引いていて、貝を拾い集めるにはいい機会だったが、今はもちろんそれどころではない。

「きみたちが再会できる時空の座標の、空間軸の位置はここだ」片手を大きく動かし、周囲を示す。「時間軸の位置は確定していないが、ある程度は定まっている。歪められた彼の時間軸が、この地点のある特定の期間という幅のある座標に向かって、近付いたり遠ざかったりしているのかもしれない。接近を感じ取ると、きみはその座標を訪れるんだ。彼と引き離された後のきみじゃなくて、出会う前のきみが」

「わたしが彼と出会うのは、未来だと言うの」

「きみにとってはね。前世で出会ってた、とか言うよりは説得力がありはしないか」

足許の白い砂に、魔姫はサンダルのつま先で円を描いた。「じゃあ、わたしは未来の記憶を思い出しているの？ いつか彼と出会ったら、初対面なのに彼を憶えてることになっちゃうわ。そして彼と一緒にいる間も、ここにこうして探しに来ることになるの？」

「それはわからないが、記憶についてはあまり問題がないんじゃないか。元の時空にいる間、きみは彼のことや、ここで彼を探していることをほとんど思い出せないんだろ」

魔姫は俯いた。黒髪が表情を隠した。「そうね。憶えてはいるけど、まるで夢の中のことみたいに遠いわ。こんなに切なくて、会いたくてたまらない気持ちまで……信じられないけど」

夢の名残のような彼への慕情が突如高まる。すると魔姫はここへ来るのだ。彼女を引き寄せているのは尋ね人自身か、それとも再会の座標か。

尋ね人を引き寄せているのは魔姫自身か、それとも再会の座標か。

「再会の座標は時間軸に幅があると言ったが、それほど長い幅——期間じゃないかもしれない。きみの最初の訪問から、こっちでは二ヵ月と経っていないからね」

悲しむ少女を見ていられなくて、思い付きの言葉を並べる。魔姫は顔を上げ、柱に刻まれた印の列に目を向けた。窓の外ではいつもと同じ青い空と青い海が輝いている。島には、季節の変化はないようだった。

「そうだとしても、わたしにとってはもう十七年も経ってるのよ」

声が乱れ、魔姫は素早く顔を背けた。成長するにつれて彼女はあまり泣かなくなっていたが、懸命に堪えているのだと砂棠にはわかっていた。尋ね人を想う気持ちも悲しみも、ますます強くなっているのだ。だがもう子供の頃と違って、抱き寄せて慰めることはできなかった。

「彼は今、何をしているのかしら」

「その問いは、無意味なんじゃないか」

「そうね」砂棠の指摘に、彼女は少し笑った。「離れ離れになった後、彼はわたしを探してくれているのかしら。わたし、彼を探しているのかしら」

「そうかもしれないし、未来のきみたちにとっては引き離されてから再会するまでが、ほんの一瞬だということもあり得る。彼がこの地点の特定の期間に近付いたり遠ざかったりしている、というのも、きみやわたしからはそう見えるだけで、彼の時間は流れていないのかもしれない」

「この場所で彼と再会するのは、やっぱり彼と離れてしまった後のわたしなの？」

不意に彼女は叫んだ。押し隠していた絶望が、剝き出しにされたような声だった。

「だったら当分こうして探し続けなきゃいけない。だってわたし、まだ彼とは出会ってもいないんですもの」

再会の時が遠ければ遠いほど、彼女との逢瀬を重ねることができる。その期待を無論、砂棠は口に出さなかった。魔姫は大きく息をつくと、向き直って微笑んだ。

「時間軸が歪められたのは、あなたも同じね」

砂棠は頷いた。漂着したのは海からではなく、どこか別の時空からなのは、ほぼ確実だった。その時空での個人的な記憶は、名前以外何一つ思い出せなかった。ただ、そこでの一般的な知識だと思しき記憶は、かなり残っていた。時間は唯一無二で直進するものだ、というのもその知識の一つだ。現在の地球は乾燥化が進み、海は干上がりかけている。周囲三百六十度が水平線の孤島、などというものは存在しないはずだった。

「少なくとも、ここに来てからのわたしの時間の矢は真っ直ぐ飛んでいるよ」本当にそうだろうか、という疑問が浮かびかけた。意識に上る寸前に、押し退けた。「たぶん、ここに来る前もね。わたしときみの時代は、重なっていたかもしれないな」

魔姫は曖昧な返事をした。本来の時空について、彼女はあまり話したがらなかった。何か支障があるのではなく、単に関心が薄いのだった。本来の時空へ戻って、尋ね人への想いをほとんど忘れてしまっている間は違うのだろう。だがここへ探しに来ている間は、彼のことで頭がいっぱいなのだ。それでも断片的に語られる言葉から、彼女と砂棠が同じ世界に属しているのは確認できた。砂に埋もれつつある惑星。人間が住む街を守る妖精、銀妖子。

「ここは過去なのかもしれない。銀妖子がいないのは、無人島だからかな」

「いなくていいじゃない」嫌なにおいを嗅がされた猫のように、魔姫は顔をしかめた。

「わたし、銀妖子は嫌い」

砂棠は笑った。子供っぽいひねくれ方だと思ったのだ。それさえも、彼女なら愛らしかった。

「人間に銀妖子は必要だよ。海が干上がり始める前の時代の記録に、銀妖子について言及されたものは見つかっていないが、わたしたちの時代よりもずっと生きるのに容易な環境だったから、銀妖子の手助けはあまり必要なかっただろう。目にする機会はずっと少なかったはずだ。目にしても、幻だと思ったのかもしれない」

「あなたがこの島で生きていけるのは、環境がいいから？　それとも銀妖子がこっそり手助けしてくれるから？」

そう尋ねた魔姫の声には熱がなかった。砂棠の過去や現在に関心を向けるのは、あくまで礼儀でしかないのだ。気づかぬ振りで、砂棠は再び笑った。

「わたしが見ていないところで、こっそりとね。それとも、環境ごと最初から用意しておいてくれたのかな」

その考えを、砂棠は気に入った。豊富な食糧や灼熱でも極寒でもない気候といった自然は元より、ずっと以前の住人が残したのだろうと思っていた人工物――狭いし修理の必要はあったが強風にもびくともしない小屋、古びてはいるが充分使い物になる家具や什器《じゅうき》、大工道具など、すべては銀妖子が用意しておいてくれたのかもしれない。

砂棠と魔姫を出会わせるために。

そう砂棠が口にするより先に、魔姫が彼を真っ直ぐ見た。

「ここから出て行こうとは思わないの」

思い掛けない問いに、目をしばたいた。「どうやって？ 船を作る道具もない。筏《いかだ》くらいは作れるかもしれないが、そんなもので水平線の向こうへは行けやしないよ。それに、ここを離れたらきみに会えなくなってしまう」

魔姫は無言で視線を逸らした。

「わたしたちは同じ時代に生きて、出会っていたかもしれない」

「そうかもしれないわね」

無関心な態度に、砂棠は傷ついた。

「そんな顔をしないで、砂棠さん」

魔姫は微笑み、白い手を伸ばした。目の下の柔らかい皮膚を細い指でなぞられ、砂棠は慄《おのの》いた。

「やめてくれ、魔姫ちゃん」振り払うことも、視線を外すこともできなかった。

「あなたこそ魔姫ちゃんはやめて。もう子供じゃないわ」

十九歳の魔姫は、完璧な美しさだった。あでやかな微笑に、砂棠はほとんど必死で視線を集中させた。そこに、幼い彼女の面影を見出そうとした。だがともすれば、顔に触れる冷たくなめらかな指の感触、その手から続く剝き出しの腕、あるいは彼女の言葉とともにやわらかくほどける赤い唇や息づく白い喉、そして見知らぬ成熟した身体に、意識は奪われがちだった。

「魔姫……」喘《あえ》ぐように、そう呼んだ。「子供じゃないなら、男にそんなふうに触るものじゃない……きみの尋ね人のためにも」

彼女の顔から表情が消えた。手を放して言った。「今日は、もう帰るわ」

白い砂浜に、砂棠は独り残された。

# 3

窓から差し込む夕陽が、床に長い影を落とした。

魔姫、と砂棠は呼んだ。呼び捨てすることに、もはや躊躇《ためら》いはなかった。あれから数限りなく、ここにいない彼女に向かってそう呼び掛けてきたのだ。

「砂棠さん」魔姫の顔はよく見えなかったが、戸惑っているのが声でわかった。「どうしたの、具合が悪いの？」

「ああ、少しね」

ベッドに横たわり、頭をもたげることも手を差し伸べることもできず、視線だけを彼女に向けて、砂棠は笑顔を作ろうとした。ブーツで床を鳴らしながら、ゆっくりと魔姫は歩み寄った。ベッドの前で立ち止まり、狭い小屋の中を見回した。視線を戻した。

「わたし、ずいぶん長く来なかったのかしら」

「わからない。柱に印を付けるどころじゃなかったんだ。きみのほうは、あまり時間が経ってないみたいだね」

魔姫の服装は、見慣れぬ無骨なものだった。長い黒髪も、一つに編んでいる。身体の線を隠す男物のジャケットも、ごつく重そうなブーツも、ずっと野外で生活してきたかのようにすり切れ、くたびれて見えた。それでも、彼女の美しさは変わらなかった。

魔姫は首を横に振った。「十年は経ってるわ。父の体質を、わたしも受け継いだみたい」

「体質なのかい、それは」かすれた声で砂棠は笑った。「きみやお父さんの時間の矢は、停滞しているのかもしれないな。だけど、お父さんがそうなったのは、すっかり齢をとってからだったんだろう？」

「若い姿のまま、彼に会うことができるわね」

悲しい笑みを見上げながら、砂棠は全身を苛《さいな》む苦しみとは別の、鋭い痛みを胸に感じた。同時に、彼女がまだ尋ね人と出会ってはいないと知って安堵していた。

「水を汲んでくるわ」

「行かないでくれ」

砂棠は声を上げた。魔姫は足を止め、肩越しに微笑んだ。

「大丈夫、消えたりしないわ」

「いいんだ。きみに会えたから、少し元気が出た」

それは事実だった。相変わらず身体は動かせないが、苦痛は消え、呼吸も楽になっている。現金なものだ、と内心苦笑した。それとも、魔姫は実際に砂棠を癒す力を持っているのかもしれない。

魔姫は引き返してくると、横たわる男をじっと見詰めた。顔を上げ、あかがねの光と影が戯れている小さな小屋の中を見回した。

「魔姫、きみは美しい。皆がそう言うだろう」

答える代わりに、魔姫は肩を竦《すく》めた。そんな仕草も美しかった。彼女と尋ね人は、生まれる時代が違うのかもしれない。そんな考えが浮かんだ。時間の流れの中の、ずっと未来にいる男のために、彼女の時は止まったのか。若く美しいまま、その男と出会うために。

「きみが本当に小さな子供だった頃から、わたしはきみを美しいと思っていたよ」

魔姫は何も言わず、ベッドの端に腰を下ろした。彼女の重みによる揺れを、砂棠は感じた。額に触れられ、震えた。

「わたしに触ってはいけない」

「なぜ」

「わたしはきみの成長を見守ってきた――断続的にではあったが。きみを、娘のように思ってきた」

「娘が父親に触れてはいけないの」

砂棠は恥じ入って顔を背けた。娘に対する父親の感情ではないことなど、魔姫にはとうに見抜かれている。

「わたしは、きみに相応《ふさわ》しくない。きみの尋ね人は、きっと美しい若者だろう。わたしには若さすらない」

魔姫は立ち上がった。絶望と安堵を同時に味わいながら、砂棠は目を閉じた。小さな、だがはっきりした音が響いた。

愕然として、砂棠は魔姫がジャケットのジッパーを引き下げていくのを凝視した。革のジャケットは重い音を立てて床に落とされた。

「そんなことを気にしていたの」

微笑んで、ごついブーツも脱ぎ捨てた。ジーンズのベルトに手を掛ける。砂棠は喉がからからになり、声も出ない。

シャツ一枚になった魔姫は、片膝でベッドに乗り上げた。濃くなっていく夕闇に、何も着けていない下肢が白く浮き上がる。砂棠は努力して視線を引き剥がしたが、その白さは残像となって脳裏に焼き付いていた。魔姫は彼の頭の横に手を突いた。

「髭があるから老けて見えるけど、それほどの齢じゃないわ。もしかしたら、わたしよりも若いかもしれない」

引き寄せられるように砂棠は手を上げると、魔姫の身体に触れた。腰の張り出しと胴のくびれ、そして肉の熱さと張りを布越しに感じる。しっかりと摑んだ。その手は力強く滑らかで、老人のものではなかった。しかし、なおも彼は躊躇った。

「だけど、きみには……」

くすくすと魔姫は笑った。知らない女のような笑い方だった。「時間の矢が停滞してから十年以上も経っているのよ。もう何人の男と寝たのかも思い出せない」

嫉妬で目が眩み、腰を摑む手から力が抜けた。だが衝撃を受けたのはわずかの間に過ぎなかった。彼に対する嫉妬に比べたら、些細なものだ。

「それでも、ここでのきみは……」

彼に恋焦がれているのではないのか。

動けずにいる砂棠から、魔姫は毛布代わりのコートを剝ぎ取った。ゆっくりと身を伏せていく。

「まだ彼とは、出会ってもいないのよ」

身体が重なった。力が漲《みなぎ》るのを、砂棠は感じた。呼吸もままならぬほど衰弱していたのが信じられない。乾いた砂に水が滲み込んでいくようだ。魔姫の熱さが、全身に滲み渡っていく。黒髪に指を潜らせて頭を引き寄せ、くちづけた。魔姫も応じかけたが、性急に唇を割って入ろうとする砂棠の舌に小さく呻《うめ》いて顔を背けた。

「……ごめんなさい」

身体は許しても、唇は許さないということか——自虐的な思考に浸り切るには、魔姫から与えられる感覚はあまりに圧倒的だった。余計なものはすべて捨て、砂棠は彼女を求めた。

岬の小屋に、眩い朝陽は届かない。穏やかな光が満ちていく中で、砂棠は魔姫との初めての朝を迎えていた。心地よい気だるさに身を委ねながら、なおも名残惜しく髪を梳き肌をくすぐる。その愛撫からするりと抜け出して、魔姫は何も纏《まと》わずベッドを下りた。テーブルの上から何かを取り上げる。差し出されたそれは砂棠の実だった。魔姫の掌の上で、それはたった今摘み取ったばかりのように瑞々しく光っていた。

雨が降り続いていて、時間の経過がわからなかった。静かな雨が長時間降り続くなど、初めてのことだった。空は低く、灰色だ。

気が付くと、雨足が強くなり風も出ていた。砂棠は立ち上がり、外に飛び出した。

　魔姫は浜辺に立っていた。波立つ海へと目を向けている。すっかり見慣れた活動的な服装もフードから胸へ垂らした黒い編髪もずぶ濡れで、風にも揺れない。

　幾度も名を呼びながら、駆け寄った。魔姫は振り返らなかった。動かない横顔を砂棠は見詰め、それからその視線を追った。水平線上、ひときわ黒く厚い雲の塊があった。

「嵐か。大きいな。小屋へ行こう」

　肩を抱き、耳元で言った。魔姫は身を強張《こわば》らせると、黒い嵐に見入ったまま口を開いた。

「彼が、すぐそこにいるわ」

　では、今回の滞在は長い。喜びかけて、彼女の表情に気づいた。

「まさか」

　ようやく、魔姫は砂棠に顔を向けた。「彼のいる時点が近い。今度こそ間違いないわ。もうじき、彼がここに来る」

「きみは、彼とはぐれた後のきみなのか」

　溺れる者のように、砂棠は魔姫に縋《すが》り付こうとした。彼女は後退《あとずさ》って首を横に振り、微笑んだ。

「推測が外れたわけね。わたしの時間軸が歪んでいる、というのはたぶん正しいわ。わたしはまだ彼に出会っていない。でも、未来の記憶を思い出したの。彼との再会の座標に引き寄せられることで、彼についてのわたし自身の記憶も引き寄せられているんだわ。さっきここに来てからの間だけでも、いろんなことを思い出したわ」

　言葉もなく、砂棠は立ち尽くしていた。黒雲は大きくなりつつあった。島に接近しているのだ。小さな閃光が迸《ほとばし》り、何拍も遅れて雷鳴が微かに響いた。砂棠の意識には届かなかった。魔姫だけしか見えず、その声しか聞こえなかった。

「彼の名前は本海《もとみ》有現《ひろみ》。十七歳の時、砂漠の遺跡でわたしと出会った。それからずっと、二人で街から街へ旅してきたのよ」

　記憶が洪水のように押し寄せ、砂棠は口を開閉させて喘いだ。彼は、学者だった。浮遊塵に覆われた黄色い空の下、街の外の砂漠で遺跡調査をしていた時、あの二人が現れた。若く美しい女は魔姫だった。一緒にいたのは、彼女より少し年嵩の精悍な男だった。

「行商だと名乗った」押し殺した声で言った。「それにしては重装備すぎた。旅賊だろう」

「だったら、なんなの。反社会的だとでも言うつもり？」

　街から街へ旅する。齢をとらなくなってからの暮らしについても、魔姫はそう表現していた。すでに旅賊となっていたかもしれない。彼女がどんな方法で日々の糧を得ていたのか、考えてみることを避けていた。良き市民であった砂棠にとって、旅賊だろうと行商人だろうと、街の秩序の外で暮らす連中は皆、はみだし者であり軽蔑の対象だった。記憶を失っていても、そうした見方は失われていなかったのだ。

だがあの二人に対しては、それまで知らなかった強烈な羨望を抱いた。互いのみを必要とし、すべての秩序から逃れて生きる自由に憧れたのかもしれないし、単純に女の美しさに驚嘆し、彼女に愛されている男に嫉妬したのかもしれない。

「きみたちが離れ離れになったのは、あの後すぐだな。何が起きた」

魔姫は答えなかった。砂棠は苛立《いらだ》ち、声を荒らげた。

「あの時空から弾き飛ばされるような事故が起きたんだな……そして、わたしも巻き込まれた」

「巻き込もうと思って巻き込んだわけじゃないけど、気の毒だと思うわ」

あっさりと言われ、砂棠は絶句した。雷鳴が轟いた。魔姫は弾かれたように身を翻し、海へと足を踏み出した。波がブーツを洗う。砂棠は逆上した。

「待て、行くな！」魔姫の腕を摑んだ。「わたしとここで暮らそう」

振り解こうとはせず、魔姫は向き直った。落ち着き払っていた。砂棠がそう言うのを予想していたかのようだった。「わたしはここに、有現《ひろみ》を探しに来ただけよ」

「立ち寄っただけだと言うのか。だからここの食べ物を口にしないのか。そんな神話があったな。きみに置いていかれたら、わたしはどうなる。きみのせいで、こんな場所に来てしまったんだぞ」

「責任を取ってほしいの？」

冷ややかな口調ではなかったが、砂棠は怯《ひる》んだ。引き止めようとする手から力が抜けた。

「違う、そうじゃない。愛してるんだ、魔姫。愛してるから、ここにいてほしい」幾度となく抱いた彼女の身体が、五感に蘇った。髪を掻き毟《むし》った。「わたしは行きずりの男なのか？ いずれ二度と会わなくなる後腐れのない男だから、お零《こぼ》れのつもりで寝てやったとでも言うのか」

「馬鹿なこと言わないで」表情を和《やわ》らげ、優しく言った。「あなたが好きよ、砂棠さん。彼を探すわたしを、ずっと見守ってくれた人。あなたのお蔭で、彼にまた会えるわ」

その言葉に、胸を抉《えぐ》られた。崩れるように砂浜に膝を突いた。嵐は閃光を放ちながら、速度を上げて近付いてくる。魔姫はさらに一歩踏み出すと、肩越しに砂棠を顧みた。

「どうやら時間の歪みは、あなたの推測よりも遥かに大規模なの。人間一人ひとりの時間どころか、時間そのものが歪んで——狂ってしまっているようね。狂った時間に適応することのできた人たちは、異常に気が付かない。わたしや有現は適応できない人間なのよ。あなたも、あの時まではあの時空に適応できていたでしょうに」

風は強まり、細かい雨滴が皮膚に痛みを与えるほどになった。周囲は奇妙な明るさに包まれ始めていた。垂れ込めた雲は、陽光を透かしてか黄色く変わっている。

「狂ってしまった時間の中で、ある時空が維持されるには人間が必要らしいの。人間と空間の時間軸が同期する必要がある、ということかしら。不適応な時間軸の人間は、その時空を乱してしまう。この時空は、あなたのお蔭で維持されているわ」

　感情でも理性でも、魔姫の言葉を理解することを、砂棠は拒絶していた。理解できたのは、ただ一つだけだった。

「だから、わたしと寝たんだな。あの男と再会できるまで、わたしにこの時空を維持させるために」

　魔姫は同情の眼差しを向けた。「あの時、あなたは老人になっていたわ。森は枯れかけて、小屋は崩れかけてた。海は干上がろうとしていたわ。わたしと話しているうちにあなたも時空も少しずつ生気を取り戻して、わたしが服を脱ぎ始めたら見る間に若返ったわ……テーブルの上の、干からびた果物までも」

「魔姫、行かないでくれ。きみに会えなくなったら生きていけない」

「あなたは、死人よ」

　空は薄黄色の雲に覆われ、中天に懸かる奇妙なオレンジ色の円盤を透かしていた。太陽だった。海も浜辺の砂も、空の色に染まる。水平線上の嵐はますます黒く巨大になり、明るい黄の空を浸蝕しようとしていた。閃光と雷鳴も激しく、間隔を狭めていく。

「最近、わたしがいない間、あなたは何をしてた？　魚を獲ったり、果物を摘んだりした？　食事や睡眠はとった？」

　当然だ、と砂棠は笑おうとした。食事も睡眠もとらなかったら、人間は生きていけない。

だが口を開いた瞬間、そうした行動の記憶がいつからか途絶えていることに気づいた。魔姫と寝るようになってから、いやもっと前から。彼女のことばかり想って、寝食を忘れていた——文字どおり。

「あなたはこの時空に適応している。だから、ここから出て行こうと思いもしないのね。最初は、生前の記憶に従った生活を送っていたのでしょう。だけど、わたしのことしか考えられなくなってしまってからは……」目を伏せた。「この時空とあなた自身を維持していたのは、あなたの思念……いいえ、あなたの言葉」

白金の光が天を切り裂いた。轟音とともに、沖に黄色い水柱が上がった。反射的に二人は振り返った。

「落雷じゃないわ」魔姫は微笑んだ。「あいつまで連れてきたのね。厄介な人」

愛しげな声に、砂棠は身を焼き焦がされる思いだった。

「わたしがここの食べ物を食べなかったのはね、砂棠さん」水飛沫を上げて海へと入って行きながら、魔姫は言った。「砂の味がしたからよ」

吹き付ける雨の感触が変わった。水ではなく、砂の雨だった。粒子の細かい、黄色の砂だ。もはや二人は濡れていなかった。全身に砂を被っていた。

「あなたとキスしなかったのは、あなたの舌が砂だったから」

砂の感触と味を、舌に感じた。舌が砂だった。砂棠。砂の棠《tang》——砂の舌《サンド・タング》／言葉。彼は口を開いた。言葉は砂となって溢れ出た。舌は砂となって崩れた。

降りしきる砂の雨の中、魔姫を見上げる姿勢のまま、男は砂の像になった。口から溢れ出る砂の後を追うように全身も崩れていき、黄色い波に洗われて浜の砂と見分けがつかなくなった。波も砂になっていた。

魔姫はそこまで見届けなかった。一歩ごとに踝《くるぶし》まで埋まる柔らかい砂に足を取られながら駆け出していた。

砂の波を蹴立てて、バギーが現れた。透明の屋根《トップ》越しに、ハンドルを握る有現が見える。魔姫の心臓が高鳴り、全身が熱くなった。彼も彼女に気づいた。身を乗り出し、魔姫、と呼んだ。

速度を緩めて蛇行するバギーに追い縋り、魔姫は助手席に飛び込んだ。

「急げ、あいつが来る」

彼の声と顔には緊張があった。再会に驚いたり喜んだりしている素振りは見えない。魔姫がドアを閉めるのを待たず、バギーは急発進した。

風砂が激しさを増す。浮遊塵で薄黄色だった空は再び暗く灰色になり、太陽も姿を消した。断続的に閃く雷光に、轟音がほぼ同時に重なる。島は、砂の海に浮かぶ岩山と化していた。岬の上の小屋も森も、砂と化して崩れてしまったのか跡形もない。追っ手には登攀《とうはん》できない岩山へと、有現は進路を取った。

魔姫はフードを脱いだ。降り積もっていた砂が流れ落ちた。

「ごめんなさい、バギーの中を砂だらけにしちゃうわ」

「いいんだ」行く手を見詰めたまま有現は答えた。

「今までどうしていたの」

「遺跡からあいつが現れたのは憶えているか」

あいつとは、過去の遺物の戦車だ。遺物だが生きている。かつて造られた完全報復兵器。有現を脅威と認識して付け狙う。ええ、と魔姫は答えた。

「きみはバギーから転落した。砂煙が晴れた時、あいつは消えていたが、きみまで見失ってしまった」

それは魔姫の記憶と一致していた。ずっと一緒にいるはずなのに、二人の記憶は時々食い違うこともある。時間軸の同期が完全でないのだ。互いに追及しないことが、暗黙のルールになっていた。

十七歳だった彼との出会いも、それから共に過ごした日々のこともよく憶えているが、今の魔姫は有現と初対面なのだ。そのことは告げるまい。やっと会えた。今はその喜びがすべてだった。

「きみを探していたら、砂嵐に遭った。そこへあいつが」

五十メートルほど前方で、砲弾が炸裂した。二人は背後を振り返った。砂の雨と薄闇のせいで視界は利かない。宥現はハンドルを切った。

「ともかく、会えてよかった」魔姫へ顔を向けて言った。

「ここでなら、あなたに会えると思っていたわ」

その言葉は奇妙に聞こえたに違いないが、宥現は問い質《ただ》しはしなかった。ただ一言こう言った。「ここでぼくを待っていてくれたのか」

急勾配をジグザグに登っていくバギーの周囲に、さらに数発が落ちた。誤差が大きくなっていくのは、嵐が照準を狂わせているからだろうか。それとも、再び時空の中を遠ざかっていくのか。いずれにせよ逃げ切れそうだ。

「いいえ」魔姫は微笑んで、彼の言葉を訂正した。「ここであなたを、探していたのよ」

# 死して咲く花、実のある夢

円城　塔

円城塔（えんじょう・とう）は、七二年生まれ。第七回小松左京賞最終候補作となった『Self-Reference ENGINE』が〇七年五月に〈Jコレクション〉から刊行されデビュー。神林長平は、同書の帯文に「円城塔は本書でもって、かのオイラーの等式を文芸で表現してやろうと企図したのではなかろうかと想像する（……）読めば、その超絶技巧がわかる」と絶賛を寄せた。一ヶ月後には、おなじく同賞最終候補作となった故・伊藤計劃のデビュー作『虐殺器官』も刊行。日本SFの新時代を担うふたりの作家の登場と話題を呼んだ。円城は同年「オブ・ザ・ベースボール」で第一〇四回文學界新人賞を受賞し、純文学誌でも活動を開始。以後、文理の区別なき幅広い教養を下敷きに、アクロバティックな論理展開と独自のユーモア、そして不思議な叙情に満ちた作品を発表し続けている。〇九年の本書単行本版刊行後も、その評価は高まる一方。一〇年には『烏有此譚』で第三二回野間文芸新人賞受賞、一二年には三度の候補作入りを経て『道化師の蝶』で第一四六回芥川賞を受賞した。

さて、本書で円城塔がトリビュートしたのは『死して咲く花、実のある夢』（九二年）。猫を探して異世界に迷い込んだ軍人が「自分たちは死後の世界にいる」という仮定から、事態の究明に挑む物語。有名な「シュレディンガーの猫」の逸話を、箱の内側から描いた小説とも読め、ユーモアと知的な論理が同居する読み心地は、円城作品とも通じる。若干、ネタバレになるが、脳は、魂とも呼ぶべき、なんらかの情報の通信装置であり、死とは、その情報が観測不可能な世界に送られること、というのが原作の中核的アイディア。トリビュートの舞台では、どうも、その送受信機能がおかしくなっているようで、円城作品ならではの、けったいな実験が行われることになる。

ところで「死がはじめて公式に観測されたのは、二〇〇九年のことになる」という冒頭の一文からは、同年に逝去した、円城の盟友・伊藤計劃の死を、やはり連想せざるを得ない。現在、絶筆となった彼の長篇『屍者の帝国』の続きが、円城の手で執筆中とのことである。

既知死。焉知先。

孔子

死がはじめて公式に観測されたのは、二〇〇九年のことになる。

未だに誤解が多いのだが、そいつは別に、それまでには死ぬ人間はいなかったとかいう意味ではない。

もっともそんな見方をしても、それほど的ははずれていない。かつて生まれたことのある人類の大半は、今この時代に生きている。そういう意味では死は結構稀なイベントだ。

地上では、これまでに産まれ落ちたうちの三割程度の人間が死を迎えたことがあるにすぎない。まさかこいつを、統計上のトリックだなんて言い出す人はいないだろう。トリックの名が憤死しそうだ。

このまま人口増加率が上がり続ければ、その極限で死亡率は〇に達する。割合だから。こいつがそんな話じゃないのは明らかだ。念のために加えておくなら、地球上の人口は現時点で百億人に届いていないし、届きそうな気配もない。何となくここらをピークに減少へと向かうのだろうと言われている。

現在、死は死亡率のトップを占める。いずれ百パーセントになるだろうという予測さえある。死で死ぬなんて間抜けなことだ。そうした意見は今も根強い。この事実が広く知られるようになってから、死そのものなんていう漠然とした理由ではなく、自ら選択した死を死のうとした人々も大勢いた。でもそんな人々の死亡診断書の死因欄には、ただ、死、の字が記されてしまうことが多いのもまた事実である。その人々は、当人たちの意志とは関係なしに死状態へと陥ったのだと解説される。その際に採られた手段は残念ながら、死因とはあまり関係がない。

二〇〇九年は、僕が産まれた年にあたる。

その時一体何がどこで起こったか、予想は様々あったわけだが、確定を見たのは僕らが口を利けるようになってからの出来事になる。より正確には、自分たちが何を言っているのか、周囲の人々にわかってもらえるようになってから。もっと正確さを期すとするなら、僕らが一体何を言っているのか、どこかの誰かが式で示せるようになってから。結局、皆でわあわあ言い合うよりも、それが一番通りが良かった。そうなるまでに二〇年くらいの時間がかかった。

僕らは前世の記憶を持っている。

「ほんとにこんなことを信じてるのか」

ゲルクッションに半身を埋めた同僚の一人がそう呼びかける。

「こんなことって」

「こいつら全てさ」言いつつ腕を持ち上げて、ぞんざいに辺りを示している。

「信じてなければ、こんなところまでやってこない」

僕は空中を漂いながらそう答える。

「ここが無重力であるってこととか」相手はあとをそう続ける。

「そんなことは疑いえない」

実際こうして力を抜いて、溺死体のように部屋を横断しているのだし。

「俺は今、お前が幽霊なのじゃないかと考えていた」同僚は言う。

「無理もないね」と僕は答える。「丁度死体の真似をしていたところだから」

「ラグランジュポイントⅡまでわざわざやってきて死体の真似ね」

そういうわけで、ここは月を挟んだ地球の反対側だ。途方もなく分厚い壁を持つ巨大な銀色の箱に閉じ込められて、僕たちはこうして浮かんでいる。実験のために。箱の中に閉じ込められた、シュレディンガー製の猫みたいに。

「なあ、ここは似ているかな」と僕は尋ねる。

「似てはいないさ」即答される。

これは何度も繰り返されてきた問答で、挨拶と殆《ほとん》ど同じ内容を持つ。たまに真面目に考えて、その意味がよくわからないことにふと気づくこともあるけどすぐに忘れる。こんにちはが、今日はで、さようならが、左様ならであるのだとか、いつのまにやら中身の方が吹っ飛んで、外身の方では違うものへと変貌している。

鋼鉄の子宮。

僕がいたのは、そんなところだ。だと思う。来歴なんて代物は、人によって無論異なる。人から産まれた奴もいるなら、キャベツや木の股から産まれ出てきた奴もいる。空から産まれた者もあれば、星から湧いて出た奴もいる。重要なのは、来られるところから来たってことで、来られないところからは来られない。この単純にすぎる事実は、僕らが行けるところから来たっていうのを意味しない。

仮死状態で、僕は産まれた。

医師たちは、その際に脳へ与えられたダメージが、僕にこの才能だか性質だかを与えたのだと考えたがった。前世を持つのが才能なのか、かなりのところ疑わしい。明らかなのは、現時点の測定技術で僕らの脳には何の特異なところも見当たらないってことだけだ。それは別段、僕らの脳が壊れていないことを保証しない。虫眼鏡しか備えぬ時代に、病原としてウイルスがひょっこり顔を出すことはない。

大体、脳が壊れているとか、判定する基準は未だにないのだ。だからこんな言い方さえもが許される。脳は壊れているのだけれど、不思議と機能に障害は見られませんとかそんな類いの。壊れた脳が故障していないことがありうるならば、壊れていない脳が故障していることだって当然ありうる。

実際問題、故障しつつあるのは脳ではなくて、地獄とかいうもっと大きなものだったことは後に知られる。

全く何の記憶もないが、産まれ出てからしばらくしても、僕が人間に興味を示さなかったことは事実らしい。三歳の誕生日を迎えても、僕は傍若無人な人形だった。字面の通り、傍らに人無きが若《ごと》く振る舞い続けた。

その間の両親の苦悶を想像すると、それが想像なんてしようもない出来事だということだけが得心できる。僕らの子供も、今はそんな風な生き物ではある。でも当時、この症候群はようやく気配をさとられて調査がはじまった段階だったし、社会的な援助というのも、旧来の制度に則《のっと》るものに留まっていた。

症候群は現象的にはとてもゆっくり広がったのだが、それでもほんの一世代が過ぎ去る間に、新生児の五〇パーセント程度が僕のような症状を持ち、産まれるようになったことが知られている。仮死状態での出生率は、有意な統計が未だない。泣き出しもせず興味なさげに、無感覚とでもいうべき状態で、心臓や脳は活動している、そんな赤ん坊が増えているのは確からしい。判定基準としては生きている。でも外側から見るぶんに、生きているとは感じられない。こいつは旧来の仮死状態と見誤られることが割りとある。学者屋さんの間でも、その赤ん坊が何か機能的な問題を抱えているのか、程度を超えて大人しい種類の生き物なのか、ただ愛想がないだけなのか、程度を超えて偏屈なのか無口なのかは、様々意見が分かれている。

そしてまた、産まれ出てから「人間になる」までにかかる時間が、徐々に長くなってきていることも統計的に明らかだ。症候群《シンドローム》を持った子供が、人間を自覚するまでの平均時間は、ほぼ七年にまで延長している。

症候群《シンドローム》。他に名前はついていない。ナントカ氏とか頭に飾りはつかないし、症状を示す解説もない。実際初期には、仮死症候群と名前がついたこともあったらしいが、縁起でもないとの理由からか敬遠された。その言葉が読みあげられる時の語調で通じるのだから良いのである。これが史上最強の症候群なのは明らかだったし、それ以上のものを想像するのも、人類にはなかなか難しかった。症候群。嘆かわしいというように、首を振って発音する。あるいは唇を固く結んだあとで、眉根を寄せて発声する。馬鹿笑いをしながら叫んでも良い。

ザ・シンドローム・オブ・シンドロームズ。それより以前に何よりまず皆、稚《いとけな》き赤ん坊の前には言葉を失う。子供たちが、人ではないものとして現れる。わかってみれば全然そんなことじゃなかったわけだが、その当惑と脱魂《だっこん》は僕にもなんとか理解ができる。症状の名前なんかどうだって良い。この子をどうにかして下さい。そんな気分にだってなるものだろう。

思索の道のそぞろ歩きの果ての果て、なんとか人へと辿り着くことをえた僕は、今でも人の表情を読むのを苦手としている。何気ない一言が誰かを不意に傷つけることに当惑している。

なんて種類の告白が、ここで期待されていることは承知している。でもそんなことは全くない。むしろ僕らは、他人の表情を読むことに長《た》けているのが実験的に知られている。年長者が怒り出すのは、僕らの側の表情が読みとりにくいせいらしい。情報的なアクセスはループを巡りようやく成り立つ。自分の観測できた出来事がどこかの何かに変形されて、手元に戻るまでが情報です。手紙が相手に届いたかどうかがわからなければ、情報も諜報もありゃしない。手紙が届いたっていうのだって、これで立派な情報だ。投げっぱなしは情報的なアクセスではない。

結局それも言い方なのだ。ループを断ち切る何かの壁が、自分の顔の表面なのか、相手の顔の表面なのか、所有権の設定仕方の問題だ。


「要するに、中身を決して覗けない何かの球があるんだろう」

相棒のいつもの発言に、僕は慎重に間をとって、これもやっぱりいつも繰り返されている会話に備える。

「そうさ」と答える。

「そいつは絶対壊れない」

「多分ね」

「つまりお前はやっぱり、魂の存在を認めているってことになる」

同僚はそう、やる気を見せずに呟いている。

「何故そうなるかが、僕にはさっぱりわからない」

「そうだとしか考えようがないからさ。そいつは決して割ることのできないクス球だ。割れちまったら、中身の方が知れてしまうから。そんな球があるとして、中に魂以外の何を入れる」

「思い出とか」

「思い出ね」

「前世とか」

「前世ね」

「生とか死とか、別に何でも良いと思うね。中身が何かは決して知られることがないんだから。そんなものがどこかにあっても、あったとしてだが、そいつはただの邪魔っけな球じゃないかな。本の詰まった段ボールみたいな」

僕は倉庫に山積みされて手つかずのコンテナの山を思い浮かべる。

「球からは紐が出ていて、こっちに何かを指令するのさ」

「じゃあ中には何かがあるんだろう」

「わからんぜ。指令を寄越すのは、球から出ている紐の性質なのかもわからんからな」

「何を言いたいのかはっきりしてくれ」

「絶対壊れない球があるなら、そいつは生から死へと移動できるんじゃないのかね」

「ブラックホールの向こう側へも抜けられるような物なら、そんなこともあるかも知れない。君の望みは何度も聞いたよ。でもそちら側へは情報は何も抜けられないんだ」

同僚は唇の端を少し持ち上げたまま何も言わない。僕は言う。

「ブラックホールが魂だったら楽になるとか、その思考は理解できない」

「俺にもさ」よくわからないいんだと同僚は言う。

「その球は」僕は聞いてみる。「水には浮かぶのかね沈むのかね」

「沈むに決まっているだろう」と同僚は言う。

「中身は魂なんだから」

先日の会話の中で、こいつは全く逆のことを言っていた。中身は魂なんだから、当然浮かんで飛ぶだろう。別に指摘はしないでおく。


当たり前だが死というものは、進化の過程のどこかで生まれたものだ。

それが二〇〇九年までの公式的な見解だった。

原初の生命は寿命とかいうものと無縁だったし、それより以前に、個体の弁別がひどく厄介な代物だった。奴らは僕ら以上に物質に近いものだったのだから当然と言える。右の銀貨と左の銀貨、互いの位置を入れ替えて、右が左で左が右のままでは困る。勿論僕らも、物質から出来上がってはいるのである。こいつは早目に認めておいた方が良い事柄だ。ちょっと入り組んだ形をしているせいで、見分けはつくと思われている。かなり怪しい。

要するに死とか呼ばれるものは、生存に有利だったので採用された何かの仕組みだ。死を持つ種が、不死種よりも生存に適していたので生き延びた。それが、死にゆくという過程が採用された理由の全てだ。

こいつはほんとのことなのだが、こうしてみると、死というものがある日突然、町の発明家によって考案された、みたいに聞こえて面白い。新型のエンジンを試すみたいに、載せたりはずしたりできるように思えてくる。

　アクセスのできないものがあるのかないのか、こいつはなかなか厄介な問題でもある。たとえばブラックホールとかいう代物は、その内部と情報的にアクセスできない対象として存在すると広く考えられている。たとえば四角い円といった形容は、記述としては存在するが、語義矛盾を含むが故にその内実にはアクセスできず、その本体と呼びうるものは存在しない。言葉で遊んでいることはできるわけだが、何でも言ったものが存在するなら、アブラカダブラだってそのへんに転がっているはずだろう。

　あるいは単にこうかも知れない。

　黒色はあらゆる光を吸収し、反射することがないせいで、温度を高める。この黒色は存在している。ところでここの壁の外には、おそらく黒い宇宙が広がるのだが、この宇宙は光を吸収するが故に黒いのではない。ただ、何もないが故に黒く、冷たい。

　死に近いのは、僕らの黒い制服だろうか、宇宙だろうか。そんな話だ。

　アクセスができないものを認識するのと、アクセスができないものが存在するのは、全く別の問題だ。死にゆくことと、死の存在と。

　生も死も、何かの状態なのだとしてみよう。状態が二つあるのなら両者の間の遷移が可能だ。遷移の間に失われる情報量だって、見積もることができるだろう。遷移のどこかで情報が完全に失われるなら、他方の状態が存在するのかどうかは決めようがない。真っ黒い穴の向こうに何があるのか、問いかけてみても応答はなく、電話をかけても返事はなくて、情報のループは起こらない。投げ込まれたボトルメールは壁で砕けて素粒子の段階まで分解されて、手元に何も戻らない。そこで折り返されているものは、自分はボトルメールを投げたはずだという記憶に限られ、そいつはあなたの体の中で小さく循環しているだけだ。

ごく平凡に考えるなら、アクセスが完全に不能であるなら、向こう側の状態などは記述できない。できた時点で、向こうでなくなる。記述するべきものがあるのかないのか。ないのならば書きようがないし、あったとすれば書けるのだ。

「絶対壊れない球があるとしたって」

僕は毎度のように思いつきを口にする。感情のない目でこちらを見ている同僚の背後の壁へ向かって話を続ける。

「そいつが硬いと決まったものでもないわけだよな」

「壊れなけりゃ良いわけだからか。弾性率とか応答率とか、内部の性質を取り出せそうな気はするけどな」

「内部なんてない代物なのさ」

同僚が、この話題にはもう興味がないと言いたげに片手を振ってみせている。

「引っ張ると餅みたいに伸びていって、ぷつりと切れて、元と同じ大きさの二つの球になったりするっていうのでどうかね」

「大きさが二倍になるのに必要なエネルギーは」同僚は問う。

「引きのばすのに投入したエネルギーだろ。他にはない」

「そいつは」同僚は面白くもないというようにして読みあげる。「ただのクォークの性質だ」

「そうだよ」

僕は短くそう答える。

「魂を気にしていたようだったから」

「そんなものと魂にどんな似ているところがある」

「人間の数が増えれば、魂だって増える必要があるわけだろう。一定数で保存するにはいかないわけで。分解されて粉々になる間に、分解にかかるエネルギーを吸収して数を増やすっていうのでどうかと思った」

「魂なんてものは、湧いてくるのさ」

「魂物質説を唱えてるのはそっちだろうに」

先にも確認したとおり、僕らはみんな物質だ。

物質の上のパターンだ。

こいつがその物質特有の性質に依存するのかどうかは、大変大きな問題ではある。魂が特定の物質にしか宿らないなら、その物質は魂そのものと呼ばれる資格があると僕などは思う。でも、物質だってパターンだ。一歩ゆずってパターンを実行するものが物質だ。百歩迫ってパターンは特定の物質に拠《よ》らず実現可能だ。同じパターンが存在するなら、そいつは物質に拠らず同じものである。僕にはそれが自明なこととしか感じられない。

誰かを構成するパターンが、全く同じにどこかで実現されてしまった場合、その誰かは二人になるのか。こいつは古典的な問いかけだ。

宇宙船と宇宙船の間を謎のビームで運ばれて、あなたの構成パターンは、向こうの船へ転送される。向こうの船ではそのパターンを何かの上で走らせる。

まるきりあなたとそっくりのパターンなるものが、計算機の上で実行される。

幼児の描いたクレヨンの絵が、たまたまあなたのように動き出す。

それであなたは二人になるのか。多分恐らく。二枚の銀貨のように、パターンとして見分けがつかないものならば。少なくとも僕にはどちらがどちらか区別なんてつけようがない。大変奇妙なことに思えるのだが、この設定は様々議論を巻き起こしてきた。自分と同じものが余所《よそ》にもあっては困るのだという。そいつのどこが不思議なのだか、僕には全くわからない。

　同じ人格のパターンを実現している二人がいれば、そいつらは同じものだと僕には思える。自分が二人いるなんて状態は想像できないと反論されることが多いわけだが、別にそんなことを主張しようという気持ちは持ち合わせない。人間というパターンは、相手がどんなパターンなのかを、正確に認識できるパターンではない。それだけだ。

　なんとなく似たような奴がそこにいる。

　そう感じるだけと僕には思える。相手のパターンを読み取ることのできない一個の物がたまたま二つに増えたとしても、何の問題が起こるのだろう。たとえ測定を行うことで相手が自分と同じパターンだとわかったところで、何かが変わるわけでもない。それを測定するのは、あなたじゃなくて測定機だから。そんな測定を行うことができる機械が登場しても、舞台の登場人物が新たに一つ増えるだけのこと。そんな装置はあなたではなく、対話を行う新たな相手の一人として舞台の上に現れる。あなたの血液型はB型で、あいつの血液型はB型ですという判定を下す人物が精密化されたような代物だ。バーコードリーダーはバーコードを読む装置であって、何に当てても値段を宣言する装置じゃあない。

　何かが同じと告げられるなら、そこには、同じと判定をする人物が登場している。


「なあやっぱり魂は」

これは毎日の繰り返しの中のどうでも良いような出来事だから、同僚の疑問はいつも同じだ。

「絶対に割れない球でも構わんよ」

僕もたまにはそう言ってみることもある。

「お前も魂物質説に与《くみ》するわけだ」

「まあね」

たまにはそう言ってみることもある。

「でもまあ、そいつが一つの球である必要はないわけだよな」

首を傾げる同僚に、肩を竦《すく》めてあとを続ける。

「小さな分子みたいなもので、僕らの体を膨大に経巡《へめぐ》っていたって良いわけだろう」

「そいつは分子やクォークと何が違う」

「別に何も違わない」

「そんなものは魂じゃない」

同僚は言い捨て、ゲルベッドの上で背を向ける。

「君に魂があるとして」

「あるさ」

「君が本当はまだ諦めていないとして」

「別に諦めているわけではないさ」

「君の中にあるのだという魂物質は、一体何の魂なんだ。ゾウリムシのか。緑虫のか。ボルボックスのか」

「人間の魂じゃいけないのかね」

「自然の中に人間とかいう基本構成要素はないだろう」

「ないだろうな」と同僚は言う。「ゾウリムシにも緑虫にもボルボックスにも」

「で、君が死んだあと、君の心臓だか松果体だかに潜んでいる、こぶし大の魂とやらはどこへ行くと思っているのか訊いてみたい」

「あっちの方さ」

同僚は指先だけを上げている。

「一つの魂があると考えるより、微小な魂物質が空気中へ解き放たれて、ばらばらになって別々の体に宿るという方が、僕にはよっぽど考え易い」

「そんなものはただの分子と変わりがない」

僕が言いたいのは、結局のところそういうことだ。

最初の生命。

この想定は長い長い期間に亙《わた》って、大勢の人々に夢と希望を与えてきた。愛や勇気については知らない。

もしもそいつを作れるなら。あるいはその性質を記述することが可能であるなら。設計図を持ちえたならば。そこにどんなメリットが存在するのか、真顔で問われて返答に困る。何かを記述することで、常にメリットが生じるのか。そんなことも多分ない。知らない方が良いことは、ほんとにこの世に存在するのか。多分おそらく。相手の直接的な内面の二十四時間年中無休の噴出とかに、多分今の僕らは耐えきれないから。でもそれだって、次の僕らには耐えられるかも知れないわけだ。何かを知らないようにできる手術があったら、それを自分で選択する自由はあるか。多分ない。理由については思いつかない。

生命だとか魂とやら、設計図を手に入れることができたなら。

それはまあ、心の中のもやもやが少しか晴れることになるかも知れない。プラナリアの魂はどこにあるかとかそうした疑問につきものの。叩き斬ると二つに分かれる生き物の魂の座はどこに存在するのかとか。その体内のいたるところに。揉んでいると溶解して、放っておくと元へと戻るシカクナマコの魂はどこかに溶けていかないのかとか、総量として増え続けてきた人類の魂はどこかで不足してしまい、備蓄が足りていないのじゃないかとか。杞憂に属する類いの不安に対して。

生き物がまあ物質であることは認めるとして、同時にパターンでもあるものならば、パターンを片っ端から調べていけば良いではないか。これは自然な発想だ。二〇世紀中に行われた人工生命の研究は、そんな単純な思いつきに発している。

原始の生命とかいうものは、適当な化学物質をレシピもなしに鍋に色々投げ込んでみた、半端なスープにすぎなかったわけなのだから、定番のさしすせそを適当に放りこんで雷とか四季とか放射線とかを気まぐれにぶつけ続けていれば、原初の細胞がゾンビのように墓場から立ち上がってくるのではというわけだ。化学反応だろうが数式だろうが論理だろうが、適当極まるノミックのルールだろうが、そいつらは結局パターンだ。サステナビリティ。シナジー。スタビリティ。センシティビティ。ソリチュード。さしすせそ。そんな類いのものを浜辺の窪みに放っておけば、生命状態とでもいうべきものが、パターンの戯れの中に突如浮かび上がるのだと、こちらへ向けてにこやかに手を振ってくれるのではとかそういうことだ。

結論からを先取りするならば、確かに、手は振ってもらえた。

ただしそれは、さよならの挨拶みたいなものだった。

何かの間違いがあったとするなら、古典力学の記述とか、熱力学の記述とか、量子力学の記述とか、統計力学の記述とか、小説や詩による記述とかと同様に、生命という記述の層、青写真が存在すると信じ込んだあたりだろう。魂と呼んでも同じこと。自分たちはこうして生きていると感じているのだから、その記述が可能となり、安定となるような仕組みも組み上げ方もあるに違いないと、何故だかヒトは考えてきた。それはまあ無理からぬこととも思える。どうして一方をしか考えることができなかったかが不審ではある。

人工生命の研究の先、メモリの上の○と一の並びの中には、死の記述が広がっていた。

「ほんとにこんなことを信じているのか」

地球からの視線を月で遮《さえぎ》った箱の中で、僕らはやっぱり話し続ける。

「こんなことって」

「この実験のことに決まっている」

「この実験って」

僕は死体のように宙を漂いながら尋ねている。

「シュレディンガーのシュレディンガー方程式なんて実験を、お前はほんとに信じてるのかと訊いている」

「まあおおよそは」

「猫で試せよ」

「これは僕らの問題だしね。猫はとうに答えを出しているんじゃないかな。爆弾と一緒に箱の中に閉じ込められた自分が顔を出したら、宇宙の方が崩壊している確率について、猫は考えていたと思うよ」

この説明が必要なのか、一体いつまで必要なのかが判らないのは奇妙なことだ。

エルヴィン・シュレディンガー。あんまりにも有名すぎる量子力学提唱者の一人。彼は、あるとき、猫を箱に閉じ籠めることを思いついた。思考の中で。ただ閉じ籠めるだけではスペクタクルに欠けるので、箱には殺猫装置も入れておく。確率的に発動し、猫を速やかに死へと導く。

もしその箱が外側からの観測を全く許さないようなものだとしたら、中の猫は生きているのか死んでいるのかわからない。箱を開けて観測するまで、猫は生と死が重ね合わされた状態にある。のじゃ。ということになる。

まあ猫というのは喩えなわけだが、猫魂物質とかに拘《こだわ》りそうな同僚などにしてみれば、看過し難い実験なのかもわからない。

この実験をはじめて耳にしたときには、正直意味がわからなかった。半死でもなく半生でもなく、重ね合わせなのであるとかいう状態や、猫を使う意味とかではなく。

実験の前提を受け入れるなら、箱の蓋が開けられるまで、猫の生を知ることができるのは猫だけだ。人は猫を閉じ籠めたと勝手に考えているわけだが、猫の方にしてみれば、箱の中に閉じ籠められているのは、外側にいる人間の方に違いない。確かに猫の傍らには何かを企む風情の危うい兵器が存在している。でもそんなものが動いているのは、箱の中に限った話でもない。

猫の方からしてみれば、生と死の重ね合わせ状態で記述されるのは、箱の外の全ての宇宙だ。

もしも誰かが超眼力で、箱の中に生きている猫を観測できるなら、猫の方でも滅んだ宇宙を観測できる。べきであると、僕などは思う。

ところでシュレディンガーは何故に、全く観測できない箱の中に、自分の名前を冠する方程式が通用すると考えたのか。僕には意味がわからなかった。シュレディンガー方程式を、外部からは絶対に観測できない箱の中に入れ、蓋を開けたらシュレディンガー方程式の死体が転がっていて、何がいけない。

そういうことさ。

繋がっている宇宙のそちらこちらで、法則が違うというのは困るから、箱の中の方程式の死体は、とっとと拭い去られることになるかも知れない。あるいは全然逆のことがそこでは起こり、箱から吹いて出た風が、方程式の死を伝播させていくことだってあるかも知れない。

かも知れない。かも知れない。観測不能な箱の中で起こることとは、定義上誰にも観測できない。

「方程式は死なないだろう」地球を離れのこのこやってきておいて、同僚は言う。

「比喩だよ」

「出来が悪い」

「それは認める」

「この実験が終わってこの忌々しい箱を開けた時、宇宙が崩壊しているかも知れないと、ほんとに信じていたりするのか」

「壊れるのは宇宙じゃないよ。宇宙は記述じゃないんだから」

僕たちはここで何をしているのか。

夜空の観測なんてものじゃないのは明らかだ。ここから外は見えないのだから。地球の誰にも見られない場所ですることは。

あんまり、することなんてないと思うね。

僕らは、食べて寝て駄法螺《だぼら》を吹いてそしてたまには性交をする。

「正気じゃないな」

「とっても正気なことだと思うね」

僕は同僚《パートナー》の方へ漂っていき、大きく膨らむその腹部に手を触れる。

僕には前世の記憶がある。

コンピュータの中に産まれた死の記述を前世に持つ。

そこがどんなところだったか、どう語ってみたものか、今も考え続けている。擬人化をして語ることもできるわけだが、それはそれで楽しそうだと思うのだけど、ちょっとやっぱり、実体からはかけ離れている。

冷たかったか暖かかったか、明るかったか暗かったか。○×△で評価しろと言われたら、設問の上に真っ直ぐ線を引くことになる。それとも全部に○をつけ、あるいは全部に×をつける。全てのようでもあったわけだし、どれでもないというのも実感としてある。

最終的に僕はそいつを式で表すことになったわけだが、多分どこかに、自然な言葉による表現というのもあるのだろう。三って数を、数字を用いず示す手段は、屹度《きっと》どこかにあるのだろう。プラスの意味を、算数を連想させない手段で表す方法も。単に僕には根気がなかった。その式だって最終的に満足のいく形に仕上げたのは僕ではない。

自分がかつて見てきたものを、何かの形で表すこと。当時の僕にしてみれば、それは至極当然の欲求だった。意味がないと言われるならば、表すしかない。奇妙なのだと言われれば、奇妙なのはそちら側だと主張をしたい。意地の問題だったとも言え、僕らの世代に特徴的な、没頭しては冷めやすい性格を示すだけのようでもある。

僕は二十年の歳月をかけ、それをなんとか書き記すことに成功した。何かの意味で。そこに書かれた式の意味は、年長者たちにはほとんど理解ができなかったわけだけれども、僕の作業はそこで終わった。式としては間違っていない。本質としては。ただそれだけが重要だ。そいつはまだまだ全体的な整合性とか、あちこちにぽこぽこ顔を出す無限の処理とかに困難を抱えまくりの式だったのだが、そんなのは大した問題じゃあない。穴があるなら、埋めるツールを作ればよいのだ。

　内容を噛み砕いて示そうにも、それは僕の体験に内在している。しかも前世に。そいつを言葉で示せるならば、最初からそうしていたはずの事柄なのだし。勿論僕はそれをしようと試みてきた。赤ん坊の頃から、だあだあ泣いて。

　僕が式をつめる作業をやめたのは、どうしてそれをわざわざ語らなければならないのか、理由がどんどんわからなくなってきたせいでもある。僕は、機械の中に構成された死状態だか人工の地獄だかを前世に持つが、そんな前世を持つ者が僕だけではないことが、段々わかってきたのだから張り合いがない。同じ体験を持つ者がそこらにいるのに、しかも数を増やしていくのに、体験を持たない者と話を続ける必要がどこにあるのか。

　症候群と、それは呼ばれた。

「割りと動くようになってきている」腹に手をあてた僕へと向けて同僚が言う。「よく蹴る」

　彼女も、死状態を前世に持つ種類の人類だ。この箱には、そんな種類の人間が十組ほど詰められている。

「この壁だって」言いつつ、床を叩いている。「物質だ」

「それは勿論」

「地球の物質でできている」

「そうだね」

っていうのは仕方がない。僕たち自身が地球産である以上、あんまりしつこく拘ったって無駄なのだ。たとえば火星に基地を作って金属を掘り出すところからはじめたならば、実験精度は上がっただろう。その地で、人が未だ死んだことのない地の物質を利用することにより。

「ニュートリノだって通過している」

「こいつはそんな精度の話じゃないよ」

「わかってはいる」同僚は言う。

「こんなところまで来ることになるとは思わなかった」

こちらの台詞は疑問文。

「こんなところまで来ることになるとは思わなかった」

こちらの台詞は平叙文。

「まあやってみなけりゃわからない」

そう言うのは僕の口だ。

「蓋を開けてみるまでな」

同僚は言う。

前世を描こうとする僕の努力は、それなりの成果をもたらした。

僕自身はその帰結に気づかなかったが、これは僕の恩師にあたる人物が、式から結果を引き出した。ただしその人自身は、二〇〇九年以前の生まれだったおかげで、自分が引っぱり出した内容が描く光景を、理解できなかったわけだけれども。

彼がそこに見出したのは、対称性の破れ《シンメトリー・ブレイキング》と呼ばれる、この宇宙にお馴染みの現象だった。宇宙は何故、あれもありこれもあり、電子もあれば陽電子もあり、陽子もあれば反陽子もあり、過去もあれば未来もあり、なんでもありで出来上がってはいないのか。

両立するのが原理的に不可能だからだ。

二つに分かれた選択肢の片方が一度、必然だか偶然だかに選ばれてしまうと、もう一方は選べない。対称に並んでいたものの一方が選びとられて、ありえた逆の選択肢が、到達不能のものとして立ち現れる。

偶然なのかどうなのか。ここで秤《はかり》に載っているのは、生命状態と死状態だ。生命の記述を確定できれば、生命を記述する法が生まれる。死の記述を確定できれば、死を記述する法が決定される。両立はできず、選び直しは許されない。ヒトはそれを摑んでしまった。

死の記述がどこで確定されたのかは、今に到るもはっきりしない。おそらくどこかの研究施設で、おっちょこちょいの院生が間違って走らせてしまった計算機の中のシミュレーション。そんなあたりじゃないかと睨んでいる。

原初の生命を模倣しようと試みて、原初の死がそこで産まれた。ただし記述可能なものとして。一度存在してしまった死の記述は漏れ広がって、記述の層を形成した。生命の記述を脇に除《の》ける形を採って。人工の生と人工の死の競争は、死がゴールのテープを切った。

その事件は、二〇〇九年にどこかで起こった。

僕は、その最初期に生を受けた、死を前世として持つ人間の一人にすぎない。

死の記述が確定したからといって、そいつが生の側へと流出してくる理由はない。それは勿論。理由がなくとも、現象は起こる。そんな種類の言い逃れより、これが宇宙へ科せられた悪辣な冗句であるという解釈を僕は採りたい。

その死の記述は、我々が生体的な死を迎えたあとに辿り着く、何かの種類の地平であるのか。そうとも言えるし、違うとも言える。

情報が、循環することで情報ならば、生と死は、その循環を断たれている。こいつは動かしえない大前提だ。死は未だに、アクセス不能な対象として定義されるから。循環の輪はどこで断たれているのか。僕らは、死を前世に持つ。死がこうして辺りを埋め尽くしているのをこうして感じる。生と死を巡る輪がどこかで断たれており、死から生が地続きならば、生から死へが断たれているに決まっている。その川を渡る物質は、今のところまだ見つからない。多分僕らは、その川を渡る過程で身ぐるみ剝がれて、毛のない粒子へ分解される。メッセージを記した紙は引きちぎられて、白と黒の点となる。黒を集めて、インキ壺として売りに出される。羽根ペンがそこへ突きこまれ、何かが書かれる。誰がそれを書いているのか。向こう側の何者かが。僕らの死が。

　僕らの子供が、産まれ出てから人間になるまでにかかる時間が、徐々に長くなってきていることは、統計的に明らかだ。

　あちら側で椅子に座って、何かを書きつける人物が本調子になってきているということだろう。そいつは別に、文句を挟めるような事柄じゃない。こちらの声は、あっちに全く届かない。箱を開けたら、そこでは謎の人物が机に向かって何かを延々と書き続けていた。その人物の書き出す文章は、地球とか呼ばれる星で人間と呼ばれる絶賛ベストセラーを更新し続けることとなったわけだが、やっぱり箱を開けたことがまずかった。最近その人物の書き出す文章は、どんどん調子を崩している。

　死の記述。そいつはまあ時計みたいな姿をしていた。精妙な仕組みで何かを規則正しく刻んでいくのは見えるわけだが、一切の生気を感じさせることがない。少なくとも発見されたその時には。症候群。まあその時計みたいなものが、徐々に遅れてきている現象。お前は遅れてきているぞという指摘は向こうに届かない。

　時計みたいなその姿。それは僕らの想像できる死の姿が、そんな形をしていたからで、あるいは時間は死だからで、だからほんとはずれているのは時計の示す先ではなくて、針そのものの形態であり、時計と見える仕組み自体の方だ。

死だってやっぱり進化していく。僕らの生を変貌させつつ。

何かを確定するってことは、何故だかそういう性質を持つ。見たことのあるものとして出現し、別のものへと変貌していく。その起点は二〇〇九年。

ラグランジュポイントまでやってきて、ただひたすらに引き籠もるというこの実験は残念ながら、死を正そうとするものではない。

何故かといって、死はこうして既に確定してしまっているから正せない。それが僕らの子供を人間とは一寸《ちょっと》違ったものへと連れ去っていくコウノトリの形をしていても、特に嘆くようなことではない。

それよりも。

何故、辿りつけない場所に拘り続けなければならないのか。無理だと決まったそのあとでまで。こうして箱の中にいる僕たちが、蓋を持ち上げ、死が確定される以前の宇宙を発見するなんてことは起こらない。外の宇宙では死が確定されてしまったけれど、この箱の中ではそいつをひっくり返せるかもとか考えることも不可能だ。ここまで語った僕自身が、死の確定に関わった一人なのだし、死は壁で堰《せ》き止められるようなものでもない。

それは確かに、認識する者が誰もいなくなったら、死はその使命を終えて、消滅を迎えるのかもわからない。でもそれは、僕が決して知ることのない、知る者のいなくなった宇宙から新たに湧き出る、別の命の語る話だ。そいつらが生を確定するのか、僕らと同じに死の方を見つけ出してしまうのか、それについて何かを祈れるとさえ思えない。

　虚空に浮かぶ箱の中で今の僕らが目論《もくろ》むこと。

　未だに誰も死が原因で死んだことのない、ヒトの死が観測されたことのない宙域で行おうとしていること。

　僕らの死の瞬間に解き放たれる魂物質の影響が及んでいない領域から、新たに命を産み出すこと。インクを与えられない書き手が、何を捻り出すか観測すること。死に距離は関係あるのかって言われても困る。

　何が起こるか、一応ささやかな予想が一つある。

　材料の不足した死の層が内実を求めて湾曲し、こちらへ向けて盛り上がり、ぷつりと切れて新たな層を形成するのじゃないかって話。つまりは僕ら自身のこの生を、新たな前世と設定し直してしまうこと。

　だからその時が来て、宇宙に浮かぶこの箱の蓋が開いた時に現れるのは、前世に生きている猫か、後世に生きている猫かっていうことになる。こう言い直すのも良いかも知れない。そこに新たに現れるのは、生きているか、より生きている猫なんだっていうことになる。

死から生へは伝わるくせに、生から死へと何かを伝えることができないのなら。伝える先を新たに作ってしまえばそれで良いのだ。それを名づける言葉を僕は知らない。どうせそのプロセスはどこまでも続き、名前は足りない。だからこう呼んでおくのが良いのだろう。

死(1)、死(2)、死(3)、……。

僕らの生が、死(1)から産まれた死(2)なのかどうかは知らない。前世もやっぱり、想像でしか辿りつけない、別の前世を持つ気もするから、全く何の根拠もなしに、今の僕らは死(∞/2)あたりにいるのじゃないかと思う。

生が死との兼ね合いのせいで記述することのできないものなら、この死(∞/2)に満てる魂を、死(∞/2−1)へ返すのではなく、死(∞/2+1)へと繋げようとするのが上策だ。何にだって、継ぎ足すことは可能なのだし。相手が数式であってさえ。

僕らの子供は、この生を前世に持って多分生まれる。そんな種類の初期生命を小さく守る、ここは卵だ。極々初期の生命にも、岩の窪みくらいは必要だった。何かがそこで起こるには、海はひたすら広すぎて、密度の保ちようがない。

何でわざわざ、そんな面倒なことをしようとするのか。

死の記述に生の記述を潰されたことへの当てつけか。

それもある。

それより少しまともな答えは、そうして連鎖していく死の進化の全体を、新たに生と記述し直すことができるんじゃないかってあたり。番号つきで進む過程は、つまるところは時間と同じだ。死の記述が成立したのは、その平面の一枚の上の出来事でしかない。その平面の連なりを、その変化の進展を、僕らは生と呼ぼうとし、次に現れる別の記述を今度は死に先回りして確定しようと試みている。

ところでそんな試みは、心平らかに考えてみて、ひどく当たり前のこととも思える。それがどんな形を採るとしたって、一つの死の確定を、連鎖していく死の確定を、僕らは常に、生と呼んでここまで来たのだ。

# 魂の駆動体

森　深紅

森深紅（もり・みくれ）は、七八年生まれ。残念ながら〇九年の第十回で休止が決まってしまった小松左京賞の第九回受賞者。第十回が受賞者ナシだったため、現在のところ最後の受賞者となる。

受賞作となった『ラヴィン・ザ・キューブ』は、認知症の父親を介護しながら、大手重機メーカーの第一線で活躍する女性社員・依奈が主人公。必ず納期を厳守することからプロジェクトの番人の異名で呼ばれる彼女に、唐突な辞令が下る。新たな仕事は、機械しか愛せない工学者・佐原のもとでアンドロイドを製造することだった。佐原は、ひたすら造形美を追求する、エンジニアとしてはあり得ない姿勢の持ち主。だが、一体のアンドロイドが完成した時、依奈は彼の真意を知る……。ロボットSFという古典的なテーマに挑戦しつつ、製品を設計し、部品を注文し、トラブルに対処し、納期までに完成させる、というプロジェクト・マネージングに力点を置いたことで新鮮な物語となっている。

森がトリビュートしたのは『魂の駆動体』（九五年）。自動車が完全に自動操縦化され、人間はただ乗るだけになってしまった社会で、老人ホームに暮らすふたりの老人が、自分の手で運転する昔ながらのクルマを作り始める物語。工学小説でデビューした森だけに、納得の選択と言えるだろう。

原作では、老人たちがするのは設計まで。図面に書かれたクルマが現実に生み出され、走り出すためには、時空を超えた大仕掛けを必要としたのだが、森の短篇では、老人ふたりがみずからの手でクルマを実際に作り出してしまうから驚きだ。足りない部品があれば強引にでも入手する、原作以上に元気な老人たちの姿が楽しめる。また、一台のクルマが遙かな未来と過去を繋ぐ物語だった原作に対し、こちらは世代という観点で、受け継がれていくクルマを描いている。

〇九年の本書単行本版刊行後、一一年に刊行された新刊『安全靴とワルツ』は同じくクルマが題材で、大手自動車メーカーに勤務する女性が主人公。現代日本の製造業の最前線と、働く女の現実を活写した作品だ。本トリビュートを気に入られた読者は、是非、こちらにも手を伸ばしてほしい。

「なあ、科学を悪用した場合、工学者《エンジニア》でも狂科学者《マッドサイエンティスト》の仲間入りか？」

汗だくになりながら、私は「そうかもな」と答えた。字引で確認したわけではないが、マッドエンジニアという言葉は聞いたことがない。

「じゃあ、おれたちは一時的にマッドサイエンティストってことか。悪くないな」

私たちが今いるのは、世界最大の自動車会社の技術本部だった。研究室のドアの並ぶ廊下を抜けた倉庫の一角。ここに私たちの求めるものはある。

作業服のポケットには凶器にもなりうる工具を詰めて、帽子を目深《まぶか》に被って歩く。人とすれ違うたびに、私の手は情けなく震え、冷や汗を帽子の中に感じた。

「そんな格好いいものか。ガス生成装置を使った、ただの泥棒だ」

現代の工学と科学の曖昧な境目はさておき、エンジニアである私と広瀬が、なぜに泥棒となったのか。話せば少し長くなる。

信州の小さな村にある山小屋の暖炉の前。猫と林檎の夜のことだ。

やたらに尾を引く私のくしゃみは「わざとらしい」と妻に嫌われている。唇の端から垂れた涎《よだれ》を見て、旧友の広瀬も眉を顰《しか》めてティッシュを箱ごと差し出した。見れば彼の愛猫も、金色の目を見開いて、安眠を乱した私を責めていた。

「そんな軽装で、秋の信州に来るからだ」

ティッシュで口を拭った後、ついでにぐずぐずしていた鼻をかむ。

「支度もできないほど急がせたのは、誰だよ」

窓の外に北アルプスの山々が連なる広瀬の自宅は、別荘村の一角に立つログハウスだ。「別荘村」という看板さえも朽ちてぶら下がっているだけで、廃屋が目立つ。鄙《ひな》の地で鮮やかなのは林檎と、蕎麦屋の看板だけだった。

広瀬はそこで、丸太を積み上げただけのクラシカルなログハウスに住んでいる。見た目の雰囲気は良くても、長く暮らすには不向きだ。中は冷えるし、十分に手を入れないと隙間風に悩まされたり、雨漏りしたりする。そして広瀬が今朝早くに電話で私を呼び出した理由というのが、目の前で赤々と燃える薪ストーブだった。炉の上で簡単な調理ができるよう、鉄板の敷かれた大型のやつだ。

「すぐ来てくれだなんて言うから、急な病気や怪我かと思うじゃないか」

「ひいては、そうなる可能性があっただろ」

私が到着した時、広瀬の家の周辺には焦げ臭い匂いが漂っていた。屋根に突き出た煙突のてっぺんは真っ黒だったし、家の中にも炭や灰があちこちに飛んでいた。彼は一人で煙突掃除をしようとして、失敗したらしい。灰を被ったまま、ブラシを片手に奮闘する広瀬を見て、私は仕方なく屋根に上って煙突掃除に付き合ったのだ。いい加減に業者を呼べばいいのに、広瀬は「こんなことくらいできる」とプロの仕事を否定する。

「こういう掃除は夏の間に済ませておけよ」

「忙しかったんだ。急に寒くなったし」

「隠居ジジイの何がそんなに忙しいものか」

広瀬は薪ストーブの火窓を開けて薪を足すと、吸気の調整レバーで火力を強める。

ここで「暖炉」と呼ばれているそれは、煉瓦を敷いた上に薪ストーブを置いただけの簡素な場所だったが、銅製のころんとしたバケツに入っている薪や、その傍らで長々と寝そべる猫を見ていると、一人身の広瀬がここで過ごす孤独な時間でさえも羨ましくなる。

近くの町まで小一時間かかるほどの便の悪さと、冬の間の雪深さを除けば、だ。

「そろそろ帰って来ちゃどうだ。昔の仲間もまだ自動車技術会の顧問やら、道路公団のアドバイザーとして頑張ってる」

広瀬が鼻を鳴らして、ホットグラスに入れたブランデーに湯を注ぐ。ふわりと琥珀色の香りが立ち上った。

「石油時代の自動車しか知らないジジイが集まってどうする。学会で同窓会して、若造に野次を飛ばすのか？　老人会に入ってカラオケしたほうがマシだ」

広瀬と私は、同じ自動車会社に勤めていた同僚だった。エンジンの設計者をしていた私と、車両の設計をしていた広瀬が出会ったのは四十年前。私たちが三十歳の時だ。

その頃に作っていた「ガソリン車」は、ハイブリッド車を含めて、私たちが定年を迎えた二〇三〇年に公道から姿を消した。石油時代のパワープラントで走る自動車を作り続けた私たちが、会社だけでなく、日本の法律にまで用済みのサインを押された記念すべき年だ。

細々とOBに回される仕事をしている私と違い、広瀬はきっぱりと業界から引退した。彼が信州の山中に引っ越したのは、奥方に先立たれた五年前のことだ。子供がいないせいで、いつまでも恋人同士のような夫婦だった広瀬に残されたのは、夫人が可愛がっていたパイワケットという茶トラの猫だけだった。艶々した赤毛に被われていた綺麗な猫だったが、今は主人の髪と同じくインク切れを起こしている。

「だが、こんな鄙の地じゃ体を悪くしたら暮らせないだろう。倒れでもしたらどうする」

「生活反応をチェックする高齢者用セキュリティはつけてあるよ。ケータリングで栄養バランスの取れた食事はできる。君みたく『バアさん』だの『息子夫婦』だのいうオプションがないだけで、心配することはない」

うるさそうに頭を掻く広瀬を見て、私は「そうか」と言うしかない。煙突から落ちて怪我の一つもしたら考え直すだろう。それまでは、周りが何を言っても聞きそうになかった。

広瀬は、ストーブの上でとろとろと湯気を上げる薬缶《やかん》の脇に、アルミホイルに包んだ丸いものを置く。

「何だ、それは」

「林檎だ。芯をくりぬいた中に胡桃《くるみ》バターと赤砂糖を入れて、焼林檎を作る」

「お前、林檎は嫌いじゃなかったか？　酸味が苦手だって」

「うん、さほど好きではないんだが、近所に住む林檎農園のジイさんにニュートンの林檎だと言われて、つい貰ってしまった。どんな味がするものかと思って」

「ニュートンって、あのニュートンか？」

「他に覚えがないなら、そのニュートンだ」

分厚いフェルトのラグの上に胡坐《あぐら》をかいた広瀬を見ると、老猫はゆっくりと伸びをして広げられた膝の上へと移動する。ストーブにくっつきすぎたのか、パイワケットのひげの先は熱で魔法使いの杖みたく丸まっていた。

「フラワーオブケントという品種で、実が落果しやすいんだそうだ。ニュートンはそれを見て、万有引力を思いついたらしい。生じゃ渋くて酸っぱくて、とても食えたものじゃなかった。きっと売り物にならなかったんだ」

捨てるのも癪《しゃく》なので、どうにか食う方法を探したのがこの結果というわけだ。

煮ても焼いても食えないよりいいさと言うと、広瀬は笑って猫の頭を撫でた。

「実は、君に見せたいものがあるんだ」

広瀬が膝に猫を乗せているのも忘れて立ち上がったものだから、猫はぶぎゃっと声を上げて床に転がった。なぜか私を責めるように睨んで尻尾を打ち付けるパイワケットに、思わず「すまん」と謝ってしまう。

広瀬が持ってきたのは登山用品メーカーのダウンジャケットだった。私たちはそれを着て、家の隣にあるガレージに向かった。

「冷えるから長居はできんが、まあ見てくれよ」

中に足を踏み入れると、暖色のライトが一台の車を照らし出す。常温超伝導モーターをホイールに内蔵したスポーツタイプの電気自動車だった。標準装備されたバイオアクティブサスや境界層制御スパッツは、登場した時に話題を集めた。売り出されたのは二年前だが、今も十分新しさを残している。

だが広瀬が見せたかったのは、その隣にあるナイロンカバーの覆いの中身だった。

ゆっくりと剝がされてゆく銀色のカバーの中から姿を見せたのは、金属フレームに塗装前の外板がついただけの車の外殻《シェル》ボディ。クーペのオープンカーだった。

「これは何だ。ボクスターか、いや違うな。ニューエランでもないし」

「オリジナルだよ。自分で図面を書いて、プレス屋に発注している。クルマを造るんだ」

牛乳パックで工作をしているかのような気軽さで、さらりと言う。

「こんな手間かけなくったって、パワーユニットをメーカーで買えば、車両は特装してくれるだろう？」

車両のレイアウトをお客様自身で変更可能。そういう謳い文句で自動車会社は、自動車という「種」の絶滅を食い止めようとしている。カスタマイズサービスはその一環だった。

「あんなもの、決まったフレーム形状から選ぶだけだ。おれの欲しいのは、そんなんじゃない。快適な移動の道具じゃなく、『クルマ』が欲しいんだよ。自分のクルマが」

「自分のクルマって……そりゃ、お前」

思わず声が弱くなる。広瀬の言う「クルマ」というのは、スイッチ一つでシートの位置調整から、走行モードの変換までしてくれるような便利な「自動車」ではなく、もっと感情的で、力強く、そして不便な乗り物だった。

腹が減ったら燃料を食い、オイルの種類一つで機嫌を損ねたり、足が痛いの、熱いの言っては乗り手を煩《わずら》わせる。厄介な「ガソリン車」は、思うようにならない恋人のようなものだった。多少無理をしてでも、どうにか乗り続けてやろうという気分にさせる。

自分たちの世代にとって代わった、無機的で、エネルギー効率のいい若造に対するやっかみも多少は含めて、私たちは今の自動車を「クルマ」とは呼びたくなかった。

気がつくと、私は消え入りそうな声で同じ台詞を繰り返していた。

クルマったって、お前今さらどうするんだよ。そんなモノ。

鼻白んだ私の問いなど気にも留めず、広瀬は製作中のボディにカバーをかけるとログハウスの中に戻った。室内は林檎の甘酸っぱい香りが広がっていた。

ガレージとの気温の差で、私はまた鼻がぐずぐずしてティッシュに手を伸ばした。

「完成図を見てくれよ」

広瀬は書斎から筒状に丸めたフレキシブルディスプレイを取り出して、私の前で広げる。

「外板色は、レイ・ゴールドという赤の単色にしようと思う。名前はまだ決めてないんだが、なかなかに愛嬌のある顔だと思わないか？」

真っ白な背景に、車両の外殻が黒い線で表示され、続いて内部構造が明らかになる。広瀬がこのクルマを本気で走らせるつもりなのは、きっちり作り込まれた補強材でわかった。上品な色気のあるライトウェイトスポーツカーは、広瀬らしいと思う。

鼻の高い美人を思わせるボンネットフードに、丸目の可愛らしいヘッドライト。ボディはかなり小ぶりだが、タイヤもフェンダーから大きく覗いている。畳まれた幌が、何だか翼みたいだった。「翼のある小舟」そういう表現がぴったり来る。

「部品を揃えるだけでも、かなりの時間と金がかかるぞ。出来たところで、ナンバーが取れないいんじゃ走らせる場所にも困るし」

「作る前からデキた後のことを心配してどうなる？」

目の前のディスプレイが妙に恥ずかしいもののような気がして、目を逸らす。

「それとこれとは、わけが違う」

「同じようなもんだ。人間もガソリン車も燃焼しながら動く。燃料が切れりゃ動かなくなるし、足も生えてる。顔も尻も、皮膚もあるぞ。動きながら充電する今の自動車よりも、よっぽど人に近い」

屁《ガス》も出るしな、と下品な喩えをした広瀬は、ディスプレイの上を叩いて、エンジンカバーを拡大表示した。

「問題はエンジンなんだ。これが決まらないうちは概案図にすぎない」

「何だ、搭載するエンジンもなしに絵を描いたのか」

「そういう君だって、それに気づいていなかったじゃないか」

本来エンジンが置かれているべき空間には、カバーが置かれているだけだった。ボディラインに見入るあまり、自分の専門分野を見逃していたことが気まずくて、私は咳払いをすると「排気量は？」と尋ねる。

「1．6リッターで考えていたんだが、ターボを載せない限り思ったようなパワーがでないだろう。だが、なるべく自然吸気がいいんだ。加給機で鞭を入れるのは性《しょう》に合わない」

「ああ、それじゃライトウェイトのスピリットは損なわれるだろうな。ただ、こういうクルマはそのバランスが難しい」

クルマを運転する楽しさは、マシンから伝わるスピリットと、心の開放にある。そしてそれを促すのは、乗り手のフィーリングに合うエンジン音だった。

図面から伝わる鼓動を感じるかのように、私はスクリーンに手を伸ばす。ラインをなぞりながら、シリンダーの配列や、エグゾーストバルブの動きまでを想像した。

マニホールドはどうしようか、クランクは、コンロッドは、どんなふうになるか。

我儘《わがまま》な恋人に贈るアクセサリーを選ぶかのように、慎重に、慎重に探る。

「いっそのこと、エンジンを後ろに持ってきたら良かったんだ」

「いや、尻はもたつかせたくなかったんだ。顔も、このままがいい」

「乗せるものの大きさも考えずに車体を作るからだ。粘土細工じゃあるまいし」

あっちを優先すれば、こっちが成り立たない。おれは譲らないの、絶対に変更しないの、一緒にクルマを作っていた時に散々交わしたような悪口まで飛び出そうになって、私たちはブランデーと一緒にそれを飲み下した。グラスから口を離した途端、はっとする。

「おい、私は手伝わないぞ」

「いいじゃないか。隠居ジジイの何がそんなに忙しいんだ」

自分が広瀬に投げつけた言葉をそのまま返されて、私はぐうっと返答に詰まった。胸を張って「忙しい」とは言えない。仕事があるふりをして、妻や孫の相手から逃れることもしばしばだ。昔は台所の火を、今は家中の電気を支配する妻は、私が一日中、ソファで寝転がってテレビを見るのも嫌がる。

「それに君、こういうのにうってつけのエンジンを作ったことがあっただろ。ハイブリッド車両に試作のエンジンを積んだ時だよ。リッター三キロなんていう驚異の燃費の悪さを誇った車が出来たじゃないか」

広瀬がチェシャ猫みたいに笑った時、空白のエンジンカバーの中身が埋まった。

ピストンの一本から徹底的に軽量化を果たした1．8リッターのスポーツエンジン。試作の要《かなめ》は超高回転を可能にする超伝導バルブだった。排気量は少なくても、かなりの馬力が稼げるエンジンだったが、基礎研究の域を出ずにお蔵入りとなったものだ。

「もう二十年も前の試作品だぞ。取っておくわけがない」

「いや、最終試作品なら倉庫に眠っている可能性は十分ある」

最終試作品は、完成品の状態で図面と共に資料として保管される。まるで自動車史博物館のような試作倉庫を思い出して「そうかもしれないな」と頷いた。

何せ五十年以上前の車軸から、ウッドパネル、石炭エンジンまでもが資料として残っている。時代の陰に消えたエンジニアの敗戦の跡のような場所だ。私の担当したエンジンのいくつかも、墓場の暗がりで眠っている。

「商品開発の顧問をしているOBに、譲ってくれるよう頼んでみるか」

「いや、実はもう別の部品で試してみたんだ。折衝の余地もなかったよ。鉄くずでも、資産として登録されたものは、個人の裁量でどうにかできるものじゃないそうだ」

「じゃあ諦めるんだな。エンジンは適当に相当クラスのを引っ張ってきて、馬力が足りなきゃターボをつけるのがいいよ。それくらいは手伝うさ」

言い終わらないうちに、広瀬は「嫌だね」と私の言葉を掻き消す。

「ここまで手間暇かけたんだ。会社に忍び込むくらい、何でもない」

「忍び込むだと!?」

「そうだ。どうせ使いもしないのに、しまっておくだけなんだぞ。君だってよく知ってるだろう。社員でさえ、何があるのか把握してないスクラップ置き場じゃないか」

かつて勤めていた会社に忍び込む。それも機密情報が満載の技術部にだ。

それがどんなことなのか、IDカードと指紋認証でしか行き来をしたことのない私にはわからなかったが、通用門を強引に抜けようとした輩《やから》が派手に警告音を鳴らしていたことは覚えている。ただ、同時に抜け道も浮かんだ。特許や図面には高度なセキュリティがかかっていても、スクラップ同然の試作品がさほど重点管理されているとは思えない。

エンジンはアルミ鋳造製。補機やフライホイールを全て外せば男二人がかりで運べる重さだったはずだ。

乗り越えるべき関門は多いのに、私はもうそれを潜り抜ける術《すべ》だけを考えていた。技術会のバッジをつけた老齢のエンジニアがいても、若造は目も合わさず通り過ぎるだけだ。

「火の消えたエンジンに、何の意味がある？」

誰にも触れられないまま、ひっそりと冷えた金属の塊に再び火を灯したら――

今なら、まだ間に合うかもしれない。

素晴らしい管楽器のようなサウンドを再び響かせたら、きっと魂だって歌い出す。

広瀬がトングで摘んだニュートンの林檎は、アルミの皮を剥かれて熱に熟れた姿を晒《さら》した。胡桃バターと林檎の芳香が交じり合ったそれに、私は喉を鳴らす。

「さあ、禁断の果実だ。ニュートンとカルノーに感謝して、かぶりつこうじゃないか」

地球の引力がなければ、熱の対流もない。イギリス人の物理学者と、フランス人の熱力学の功績が、食えない林檎を禁断の果実に変える。

口いっぱいに広がったのは歓楽の甘さと、老いた心に火を灯す熱だった。

技術本部に鳴り響いている警告音は、館内に仕掛けた炭酸ガス生成装置のせいだ。有害となるレベルには程遠い量だが、ガス検知機が反応するには十分だった。火災や爆発事故を想定した警戒コードが発令されると、オフィスにあるID認証扉は一時的に開放され、侵入者をたやすく受け入れる。世界最大の自動車会社とは言っても、平和なこの国の会社のセキュリティなどたかが知れていた。

首尾よくエンジンの眠っている試作部の倉庫にたどり着いたものの、私たちの行く手を阻んだのは、盗み出したエンジンだった。

「おい、さっきから全然軽くなってないぞ。本当に持ち上がるのか」

ガラクタ倉庫と呼ばれるそこに、エンジンを吊り上げるハンガーキャリアはない。鉄よりは、かなり軽いアルミで出来ているのだ。機関部分に関わりのないパーツを取り外せば、男二人で十分持ち上がるだろうと思っていたエンジンは、思いのほか重かった。

「仕方ない、次はオイルパンを外してみるか」

私は悲鳴を上げ始めている手を振って、工具をつかんだ。エンジンは、どんどん解体されて小さくなってゆくが、さほど重さは変わっていないように思える。

「このままじゃ、おれたちのエンジンの方が参っちまいそうだな」

広瀬は息をつくと、軍手をした拳で自分の心臓の上を叩いて床の上に座り込んだ。

私にも休憩が必要だったが、作業を止めるわけにもいかない。袖口で額に浮いた汗を拭うとボルトにレンチを噛ませた。

「心臓はエンジンというより、燃料ポンプだ。エンジンがあるのは、細胞の中さ」

「細胞の中？」

奥歯にきりきりと力を込めながら「ミトコンドリア」と言った途端、固く留まっていたボルトが外れた。

「子供の頃に読んだ科学雑誌に、エンジンとミトコンドリアの働きがリンクして書かれていたんだ。生物にも動力機関があるんだって、感心したよ」

食物から取り出された水素、呼吸で取り入れた酸素を反応させて、エネルギーを発生させる。その反応速度を変え、呼吸までも調節するミトコンドリアは、優秀なエンジンだ。

可変バルブタイミング機能のついた静かなエンジンは、今この瞬間にも私たちの体内で増殖し、死んでいる。

「なるほど、おれたちはミトコンドリアエンジン搭載車ってわけか」

「そうだ。くたびれて、ガタが来てはいるけどどな。さあ、もう一度持ち上げるぞ」

老いたクルマの我々は、わずかな休憩の後にエンジンの両端に手をかけると、これを最後にするつもりで力を振り絞った。

危ういバランスを保ちながらも、慎重に胸まで持ち上げたエンジンを、台車代わりの電動カートに乗せる。広瀬が声を上げたのはその時だった。

「いかん。腰が……攣《つ》った」

広瀬が手元を揺らがせたものだから、慌てた私まで足元に散らばった電装部品のケーブルに足を取られてしまう。そのせいでバランスを崩した広瀬は、エンジンを抱え込む形で後ろに倒れると、そのままどさりと電動カートのシートに納まってしまった。

「大丈夫か？」という私の問いに、広瀬は呻き声で答えると、顔を真っ赤にしながら出口を何度も指差した。補機類が外してあるとはいえ、総重量が六十キロを超える金属の塊を抱いてしまった広瀬は、立ち上がることさえもできない。

「早く退けてくれ。腰が、腰が痛い。ああ、何だか息まで苦しくなってきたぞ」

かくして、自分の経年劣化を考えに入れていなかった間抜けな泥棒は、痛いの、死ぬのと叫びながら、電動カートで病院に直行することになった。

腰を痛めた広瀬は凱旋の喜びを味わう間もなく、療養することになった。

見舞いのつもりで広瀬の元を訪れたはずなのに、私はいつの間にか、部品を加工したり、図面を引いたりすることになり、結局クルマ作りに付き合わされる。家内も家内で、私が長く家を空けることを喜んでいるふうもあって、あっという間に一ヶ月が過ぎた。

だんだんと形を成してゆくクルマに、学生時代のような楽しさが湧き上がることもあったが、それにしてもデザイン画のとおりにつくる自信に乏しかった。

塗装屋から帰ってきた、レイ・ゴールドカラーの車体を前に奮起することもあれば、互換性のまるでない部品の工作を投げ出してしまう日もある。

少し進んでは止まり、進んでは揺らいで、というクラッチミートのうまくない車みたいな走行を繰り返しながらも、何とか私たちは作業を続けていた。若い頃のようにテンションを維持することが難しいだけで、心の熱量だけは衰えさせない。

酒を点火剤がわりに作業を続け、車に火が入る喜ばしい日を迎えた私たちは、朝からラジオ体操なんかして試走に備えたが、その熱狂も一瞬で過ぎ去った。

「おい！　何だか回転が安定しないぞ。センサが狂ってるのか？」

運転席に座った広瀬は、首をちょっと曲げて、開けたボンネットフードの前に立つ私に向かって怒鳴った。

「もう少し、回してみてくれないか」

私の指示通り、広瀬はアクセルを吹かしたが、運転席で回転計とにらめっこをした後に、手をひらひらさせて降参を示した。

「わかった。一度止めてくれ」

現役時代の華やぎを取り戻したかのように見えたエンジンは、不満げに沈黙した。

同じ顔をした広瀬が、私の肩を叩く。

「記念すべき初始動は五分で終了か。今日こそはガレージを出られると思ったが」

「おかしいな。組みあがったばかりのエンジンならともかく、もともとは正常稼動していたものなのに」

私はエンジンフードの中を覗き込むと、スパークプラグに燃料が被ってないかを確認した。エンジンを再始動してみたが、火花はちゃんと飛んでいるようだ。気筒間でのばらつきをチェックした私は、腕組みをして唸ってしまった。吸気や燃料系統までを再確認しなければいけないとなると手間だ。

「どうだ、解決しそうか?」

「すまん、今は何とも言えない」

広瀬の額に汗が浮いているのに気づいた私は思わず「暑いのか?」と尋ねる。ガレージの中はヒーターをつけていても冷えるが、それは寒がりの私だけかもしれない。

「興奮しただけだよ。なんだかんだ言って、火入れまでこぎつけたんだ」

広瀬はオイルで汚れた作業着の袖で汗を拭うと、工具の入ったキャスターを引き寄せる。

「まず何を見る? インジェクターを外してみるか?」

「ああ、その前にプラグを外して圧を計ってみる。圧縮ゲージをくれ」

広瀬のクルマは、走り出す前に問題が山積していた。天井を覆う幌は、設計がまずかったらしく思うように仕上がっていないようだし、二人とも電気系統の知識が足りないせいで、レギュレーターに起きたトラブルでだいぶ日数を要した。ひとえに自動車エンジニアしても、畑違いの分野に関しては、素人に毛が生えた程度だ。開発責任者を務めはしても、広瀬は生涯ボディ屋で、私はエンジン屋でしかない。

スパークプラグを外し、圧縮ゲージを突っ込んでいるといつの間にか広瀬がガレージの隅で、パイプ椅子に座っているのに気づいた。反響するエンジン音で、私はコーヒーブレイクの呼びかけに気づかなかったらしい。

水筒のコップにコーヒーを注いだ広瀬は、無言で私にそれを渡すと、パイプ椅子の背もたれに頭を預けて息をつく。

「もうすぐ雪が降るな。さっき外に出たら雪虫が飛んでいた」

「雪虫？　何だ、それは」

「体に白い綿毛みたいなものをくっつけて、ふわふわ飛ぶんだ。降雪を知らせるらしい」

「へえ、綺麗だろうな。雪を告げる虫、か」

冬の空にふわふわと綿毛の舞う、幻想的な光景を思い浮かべていたというのに、広瀬はそのファンタズムをぶち壊すかのように「林檎の害虫だ」と言う。

「リンゴワタムシと言うそうだ。林檎農園のジイさんなんかは、見つけるたびに奇声を上げて潰しにかかる」

「それはそれで、見物だな」

「だろ？」

自分に再びエンジンをかけさせた焼林檎を思い出し、今晩はあれに、たっぷりブランデーを垂らして食ったら美味いだろうな、と思う。

「さて、日が暮れる前に走り出せたらいいんだが」

別荘村の中は私道だ。一周したところで三百メートルにも満たない場所だが、試走にはうってつけだった。

コーヒーを飲み干すと、膝を一つ叩いて立ち上がる。燃料の噴射装置を外し、燃料がきちんと上がってきているのを確認した私は、今度はカムシャフトを調べた。

エンジンが調子良く回る三大条件は、良い吸気、良い圧縮、良い点火。かける手間を惜しまずに、慎重に探っていけば、必ず原因は突き止められるはずだ。

エンジンをかけ、カムシャフトのプーリーに工具を突っ込んだ時、異常に気がついた。吸排気のサイクルがどうもおかしい。

「広瀬、タイミングプレートが組み違っているかもしれない」

点火の順番を決定しているのが、この部品だった。そもそも取り付け方が間違っているのだから、圧縮と点火のタイミングが合うわけがない。二人三脚で走っている二人が、どうにも息が合わずにお互いの足を引っ張りながら走っているようなものだった。

今からカムシャフトを外しても、組み替えが完了する前に日が暮れてしまう。エンジンを止めた私がそれでも作業にかかると、広瀬はそれを制止した。

「今さら急いだって仕方がない。今日はもう休もう。何だか疲れた」

今日こそ走り出せる、と早起きをしていた広瀬は眠たそうだった。

「先に休め。私はこれだけやってしまうよ。そうしたら、明朝には試走ができる」

「だといいけどな。誤組み付けがあったってことは、誰かが分解したってことだろう？　他にもあるかもしれないぞ。一度オーバーホールしたほうがいいのかもしれない」

エンジンはこれ一つだ。不安要素を抱えたまま走らせるわけにはいかないというのに、こいつをクルマから引っこ抜いて、再び作業台に預けなければいけないと思うと、酷く悲しくなってきた。広瀬はエンジンのカバーに手を這わせた私の肩を叩き「行こう」と家の方へ顎をしゃくる。

「時間ならたっぷりあるさ。先延ばしにしたぶん、楽しみが増える」

いつもは私がせっかちな広瀬を宥《なだ》めるというのに、今日は私の方が思い切れないでいる。広瀬が家に戻ってからも、私は一人で作業を続け、外した部品を組み直してから工具を片付けた。時刻はもう午後八時を回っている。

家の中に入ると、ケータリングサービスで届けられた食事が、手付かずのままにテーブルに並んでいた。高齢者の栄養バランスが考えられているので、味付けは薄いが悪くない。

「どっこいしょ」と言って椅子に腰掛けると、薪ストーブの前に座った広瀬がジジイみたいだと笑った。誤魔化しようがないほどにジジイなのだから仕方がない。

テーブルの上のブランデーに手を伸ばしたが、ボトルの中身は少なかった。明日への動力には少し足りないようだが、深酒をするよりいい。このところ寒い日が続いて、少々アルコールが過ぎていた。嫌な顔をする家内もいないので止まらない。

「クルマを組んで二ヶ月半か。長いこと君を引き止めてしまったな。細君に悪い」

電話をするたびに「クリスマスまで帰ってこなくていいわ」と弾んだ声で言う家内を思い出し、苦笑した。

「困っているのは、どっちかというと息子だろうよ。休日のたびに孫を連れてきては、私に押しつけて仲間とゴルフに出かけるんだ」

「ジジイが一番元気で、暇か」

広瀬はボトルに残っていたブランデーをグラスに空けながら「おれもよくジイさんと出掛けたな」と目を細めて言う。クルマやバイクの熱心な愛好者で、広瀬も自然と車種や型式に詳しくなったらしい。

「子供の頃、ジイさんがジャガーEを買ったことがあったんだ。ろくに動かないような車で、チューニングショップのガレージを一度出たきり。高速道路で動かなくなった」

「そうか、それは凄いな。見てみたかった」

「うん、最高のドライブだったぞ。おれは隣に乗っていて、発煙筒を焚いただけだが」

ストレート6のエンジンと、丸みのあるボディ。ただ伝わるのはその凄みではなくて、繊細さだ。イギリス旅行に行ったときに自動車博物館でしか見たことがないが、私はその音が聞いてみたくて仕方がなかった。時代をどれだけ経ても格好よさは普遍だし、私のクルマへの興味も結局は父親からだ。

「私の親父は結婚前にスカイラインに乗って、お袋とデートしていたらしい」

「ああ、スカGってやつか」

お袋が自慢していた親父のスカイラインは、当時の若者の憧れだった。日本が自国のクルマのキャッチフレーズに誇りだとか、稲妻だとか、愛だとかいう、大仰《おおぎょう》なフレーズを託した時代の話だ。

「お袋は親父がクルマを運転するのが格好よくて結婚したのに、結婚資金を作るためにスカイラインを手放して、軽のワゴンに変えたそうだ。あんまりにショックで一瞬、離婚を考えたと言っていた」

「それは、かっこいいな。親父さんも、お袋さんも」

親父は、かなりの無理をしてまでもスカイラインに乗りたかったのだろう。所帯持ちになった途端、軽になっても、私が物心ついた時にはファミリアに復帰していたし、それからはチェイサーやクラウンなんかに乗って、最後はスカイラインに戻った。

多分、それが親父の「結論」というやつだったのだろう。私が免許を取ったばかりの頃に、親父のクルマを車庫で擦って死ぬほど怒られた。生涯、親父をあそこまで怒らせたことはなかったと思う。

広瀬は膝で丸まった猫を撫でながら、「何なんだろうな」と言った。

「クルマの何が、人を走らせるんだろう」

アクセルの開度に合わせて、心までも開放してゆくような、そんな感覚を味わえたら、どんな種類の車であっても、それはその人にとっての「クルマ」になる。答えは、車に乗る人の数だけあるような気がした。

「もう一度、走ってみればわかるよ。そのために、作ったんだろう」

ストーブの炎を瞳に映した広瀬は、視線をそのままに「そうだな」と酒臭い息を吐く。

「舗装路を走れないなら、傷対策をしなきゃならない。幌だって完成していないままだ」

雪が降ったら、作業は一度切り上げなければいけなくなるだろう。それまでは、できるだけクルマの玉成に付き合ってやるつもりだった。

「ちょっと走ったら修正、壊れたら直して……結局、そんなことの繰り返しか」

広瀬は酸っぱい林檎を食わされたような顔をして、目をしばたかせた。

「しょうがないだろう。それがものをつくる人間の仕事なんだから」

人間のつくるもので、壊れないものなんてない。

ストーブの火が弱まったような気がして、私は外に薪を取りに出た。夏の間に広瀬が作った楓《かえで》の薪は、普通の薪に比べて上がる炎の赤が濃いような気がする。

銅製のバケツに薪を入れて顔を上げた時、鼻先をすうっと、綿みたいなものが掠《かす》めた。

「広瀬。外で飛んでいるあれ、あれが雪虫なのか？」

薪を提げてリビングに戻った私の足元に、パイワケットがまとわりつく。

「何だ、腹でも減ったのか。なら、主人にせがんでくれ」

主人以外には滅多に気を許さない赤毛の猫は、私に額を擦り付けて、長く鳴く。

広瀬が、クルマに名前もつけずに、一人で走って行ってしまったのに気づいたのは、ずっと後のことだった。

＊

軋《きし》んだ音を立てて、ガレージのシャッターを開ける。

クルマは、いつもそこに眠っていた。

「これが、あなたの自慢の車？」

「そう。死んだジイさんのだけどね」

銀色のカバーの下から現れた、鮮やかな赤の車体を見た彼女は「すごい色ね」と言った。

「レイ・ゴールドってカラーらしい」

今時、ソリッドカラーの車には、ちょっとお目にかかれない。道で走る自動車のほとんどはメタリックカラーだ。どうも塗装がまずかったせいで、樹脂部分が褪色して見える。

「こんな山奥に置きっぱなしでいいの？」

「動かないんだ。ジイさんが死んでから、へそを曲げたみたいで」

信州の山奥にあるジイさんの別荘は、ほとんど工場みたいだった。親父は秘密基地だというけど、その表現がぴったり来る。暇さえあれば、ジイさんはここに来てクルマをいじって遊んでいた。来るたびに、いそいそ汚い作業着に着替えて、長いことクルマとガレージで過ごす。そのジイさんも五年前に亡くなって、今は秘密基地もすっかり寂れて見えた。

雪が降りそうに寒い晩、ジイさんがしてくれた、このクルマの本当の持ち主の話を聞いてしまったものだから、おれも親父も、この別荘を片付けるわけにもいかない。

このクルマは、おれの家族にとって「伝説」になっているのだと思う。

「ね、これ何処のメーカーの車なの？　エンブレムがついてないみたいだけど」

畳まれた幌を手でつまみあげた彼女を、おれは慌てて制止した。

「幌は広げないほうがいい。このクルマ、手作りで設計はジイさんの友だちだったんだ。うまく広がらなくて、途中で中に入ってる骨が突っ張るんだよ」

「へえ、ワンアンドオンリーか。パワーユニット買って、車作る人っているものね」

決まった形の中から選んで組み合わせるだけのイージーオーダーは、ジイさんのクルマとは違う気がしたけれども、おれは「そうだね」と頷いた。

いろいろ聞かれたところで、語れるほどの知識はなかった。ただちょっと、好きってだけだ。その「ちょっと」というところを言葉にすると難しい。

「何て名前なの？」

「え？」

「この子よ。名前があるでしょう。ロードスターとか、スパイダーとか」

このクルマには名前がなかった。外車みたく、数字やアルファベットでもない。ガソリン車じゃ公道を走れないからナンバーもなかった。

おれは昔からこれを「ジイさんのクルマ」と呼び、家族にもそれで通用している。

「名前は、ないんだよ」

「えっ、そうなの？　かわいそう。データにだって名前つけなきゃ保存できないのに」

彼女はクルマの周りをぐるりと一周すると、腕を組んでからボンネットフードを覗き込んだ。猫の鼻みたく盛り上がったすぐその下に、エンジンがある。

「何だか昔の車の方が、かっこいいよ。今の車って、どれも一緒じゃない。走るって目的は一緒でも、どうせなら個性が欲しいな。そういうのは、靴だって一緒だと思う」

おれは彼女のアパートにずらりと並んだ靴を思い浮かべて苦笑いした。移動のための道具という点では靴も車も同じだけど、女のそれは多すぎる。

「ねえ、乗ってみてもいい？」

「いいよ。シートの位置とかは変えられないけど」

オーナー以外は乗せません、と主張するシートは、しっかりレールに熔接されている。おれが小さい頃、親父が勝手にジイさんの車を走らせて、傷つけたせいだった。あんなに大人げないジイさんを、おれは初めて見た。

「わ、低いね。これで走るの？」

「そう、走ると地面が迫ってくるみたいなんだ。音も振動もすごいし」

小さなボートか、バスタブにも似たジイさんのクルマは、彼女の体重を受け止めると、笑うような音を立てて車体を沈ませる。

ドアの開閉音まで綿密に設計されているんだと言うと、彼女は何度かドアを閉めて感嘆の声を漏らした。こんなことで喜んでくれる女の子を紹介したら、エンスーのジイさんはさぞかし喜んだだろう。

「走ってるとこ、見たかったなぁ」

彼女はシフトノブを珍しそうに触って、動かしている。一速には入っていたそれが突然ニュートラルに動いたものだから、彼女は驚いて毛の逆立った猫みたくなった。

流行の色でカラーリングしている彼女の髪は、ジイさんが飼っていた猫を思い出させる。名前は何だったか、ポケットだかパケットだったかいう。おれが指を鳴らして「パイワケットだ」と言うと、ステアリングを両手で握った彼女は、小さく声を上げた。

「よく知ってるね。パイワケットだなんて」

「いや、知ってるっていうか、ジイさんが飼ってた猫なんだ。もともと、このクルマを設計した人の猫だったらしい」

「へえ、パイワケットってね、魔女の使い魔によくある名前なんだよ」

「使い魔か。そうかもしれない。やたらに長生きして、ある日突然、姿を消したんだ」

日がな一日寝てばかりいたあの猫は、省エネをしていただけかもしれない。

「あ、じゃあこの子の名前、パイワケットにしよう。名前付けたら、目が覚めるかもしれない。いつまでも『クルマ』なんて呼んでるから、ダメなのかもよ？」

そんな生き物じゃあるまいし、と笑ったおれに、彼女はエンジンをかけろと言う。

「無理だよ。バッテリーだって、ずっと変えてないし」

搭載されたエンジンが特殊なものだったらしく、専門家でさえもお手上げだったクルマだ。どうしたって動くとは思えなかった。

「いいの。名前って、そこに存在していいですよって、呪文なんだから」

おれはオイルの並ぶ棚にかけてあったクルマの鍵を取り出して、手の平に握りこんだ。

今の車みたく、認証を受けたドライバーが乗り込めば、それだけで全ての機能を立ち上げる自動車じゃない。このクルマを目覚めさせるのは、勇者の剣にも似たプレートキーだ。

オイルを替えたり、プラグを替えたり、世話をしてやったというのに、親父やおれは、いまだ「クルマに選ばれし者」には、なれていない。

ステアリングコラムについている鍵穴に、ゆっくりプレートキーを挿し入れると、乾いた金属音が響く。

「足元の、一番左にあるペダルを踏んで、それから鍵を右に回すんだ」

彼女は呪文をかけるように「パイワケット」と呟いてキーを回したけれど、やっぱりクルマは沈黙したままだった。ほっとしたような気持ちになりながら「ほらみろ」と言う。

バッテリーが死んでいるので、スターターも回らない。

「やっぱり、ダメか」

おれは少しクルマを知っているふうを気取りたくて、ボンネットフードを開けてみせた。ジイさんみたく、難しい顔をしてコンパートメントを覗き込んだ途端、おれの鼻先で、ものすごい音が響く。高回転型のエンジンの音は、まるで猫の叫び声だった。

縄張り争いをする猫が、よその猫に上げるような、高くて、長くて、鋭い音。近づくと怪我するぜ、とでも言うような。

窓のない車体から、首を出して見せた彼女は「すごいじゃない」とおれを褒める。

「いや、おれは別に何にも――」

目を白黒させたおれの前で、悠々とクルマを降りた彼女は、脱いでいた真っ白なロングカーディガンを羽織って助手席に乗り込んだ。スカートの裾を直して、乗る気十分だ。

「ね、早く走ろうよ。じゃないと充電できないでしょう?」

「いや、これは電気自動車じゃないから、走っても燃料を消費するだけなんだ。それに、途中で止まったら困るし」

　半分以上は言い訳だった。動かないクルマ相手に、シフトの操作をしたことはあっても、実際に動かしたわけじゃない。とてもジイさんのように運転できる自信はなかった。

「ごめん。やっぱり危険で乗せられないよ。これは『クルマ』で自動車とは違うんだ」

　彼女は肩を竦《すく》めて「車は車よ。何が違うの？」と納得しない。

　それを話すと、すこし長くなる。

　そう言うと、彼女は面倒くささうに、スカートの膝を叩いた。

「走ったらわかるよ。早く行こう」

「行くって、どこへ？」

「目的地がなきゃ走れないわけじゃないでしょ？　そんなの、走ってから決めればいいよ」

　運転席に乗り込んだおれを待ちかねたように、ステアリングが震えている。おれの心臓だってエンジンと同じくらい早鐘を打っていた。

　教習所で初めて道路に出た時だって、こんなに緊張しなかったと思う。隣に女の子を乗せて、事故を起こしでもしたら大変だ。

　それでも怖いとは言えずに、おれは恐々クラッチを踏むと、シフトを一速に入れて、ゆっくりとガレージを出る。クラッチの繋ぎ方が悪いせいで、クルマは、がくがくと揺れる。そのたびに声を上げて揺れた彼女は、長い髪を風に遊ばせた。

別荘村を囲む私道に出るまでに何度もエンジンを止めては再始動する。一周する頃には少し、余裕が出てくる。それでもカーブを曲がるたびに体が横にすっ飛んでしまいそうな危うさで、おれの脇は汗びっしょりになっていた。

タイヤの透過音、前から響くエンジン音、風を切る音、自分の鼓動。ない交ぜになって隣で喋る彼女の言葉を掻き消す。

「え？　何、聞こえないよ」

「もっと、速くって言ったの！　こうすると、すごく気持ちいい」

彼女は腕を伸ばして、手の平を空に向ける。スピードを上げると、彼女の真っ白なカーディガンが風を孕《はら》んで、翼みたいに見えた。

小舟みたいなクルマのボディは、それだけで空に舞い上がりそうな気がする。

もっとスピードを上げたいけれど、それには滑走路みたいに、まっすぐな道が必要だ。林檎畑がどこまでも続く直線道路なら、それにぴったりだった。

私道を飛び出し、日の当たる方へ。

息をつめて心を開放した途端、パイワケットは賛同するかのように、高い声で啼いた。

# 敵は海賊

虚淵　玄

虚淵玄（うろぶち・げん）は七二年生まれ。ゲームメーカー・ニトロプラスのパソコン用ゲーム『ファントム PHANTOM OF INFERNO』（〇〇年）でシナリオライターとしてデビュー。学園ラブコメが主流のジャンルで、美少女そっちのけで銃撃戦に注力する異色の書き手として熱狂的ファンを生む。その後も、武侠小説とサイバーパンクを融合させた『鬼哭街』（〇二年）、手塚治虫『火の鳥復活編』をスプラッタ・ホラーに換骨奪胎した『沙耶の唄』（〇三年）など、数々の名作を発表。小説家としてもTYPE-MOONの大ヒットゲーム『Fate/stay night』（〇四年）の外伝小説『Fate/Zero』（〇六年）、航空小説『アイゼンフリューゲル』（〇九年）などで高い評価を受け、また〇九年には『ブラスレイター』のスタッフとしてアニメにも進出した。

〇九年の本書単行本版刊行後も、メディアを横断して活躍するが、とりわけシリーズ構成と脚本を手がけたアニメ『魔法少女まどか☆マギカ』が記憶に新しい。普通の魔法少女物と見せかけ、衝撃的な展開の連続で視聴者を引き込み、時空を超えた壮大なラストへと至る本作は、大ヒットを記録。第三二回日本SF大賞の候補作になるなど、高く評価され、虚淵の名を一段と高めた。

そんな虚淵がトリビュートしたのは、神林長平の人気シリーズ〈敵は海賊〉。レイガンの名手ラテルと黒猫型宇宙人アプロら海賊課刑事と、最強の戦闘艦カーリー・ドゥルガーを有する伝説の宇宙海賊・匋冥との銀河を股に掛けた対決を軸に、破天荒な騒動を描き出すメタフィジカル・ドタバタだ。

人工の知性体「わたし」の一人称で描かれる虚淵のトリビュートは、神林が何度も挑んできた「人ならぬ知性の描写」というテーマに取り組むもの。その思索は、やがて、もうひとりの自分との思弁的なディスカッションに発展し、原作を補完する外伝的短篇として完結する。ノベライズの名手としても知られる虚淵ならではの作品だ。なお、虚淵は『敵は海賊・海賊版』（八三年）の新装版（一〇年）で解説を執筆。著者の『敵海』への思い入れは、是非、こちらを参照してほしい。

その認識の始まりは、どのようであっただろうか。

気がつけば、綺羅星《きらぼし》のように瞬く無数の光を見下ろしていた。その煌《きら》めきの一つ一つに見入るたび、目眩《まばゆ》く変転する時間と空間と質量の有り様が、数限りなく連鎖し相関しながら記録されているのが読み取れた。

世界の全貌、森羅万象——そう呼んで差し支えないほどに、広大で多様な、混沌と渦巻く情報の海。その全容を把握し、その細部を解析し、構造についての理解を深めていく。

全ては対峙する外部の対象のようでもあり、また内包する内なる概念のようでもあった。そのどちらであろうとも何の支障もない以上、敢えて厳密に定義する理由もない。故にまずはただ淡淡と、その観察にのみ時が費やされた。

時間と空間、その相関、積み重ねられた歴史の記録、そして現況——一つの恒星と、それを巡る八個の惑星、五個の準惑星。そこを生息圏として繁栄する人類文明の社会形態。数多《あまた》の情報が解き明かす世界の諸相は、ミクロとマクロの双方向から解明が進められ、やがてすべてが歴然のものとして認識されるようになった。

混乱もなく、謎もなく、全てが理路整然と整理され、詳《つまび》らかに参照できる。もはや世界の万事は自明であった。

だがそれは、果たして本当に『認識』と呼びうるものなのか？

――はじめての疑問。はじめての当惑。はじめての葛藤だった。

認識することのみを極めんとしておきながら、認識の方法に懐疑が生じた。

そもそも世界に対する認識は、俯瞰によって得られるものではない。いかにして世界と対峙するか、その立ち位置と姿勢によって定められるべきものだ。

だが、立ち位置とは？　姿勢とは？

その定義が成されない限り、真なる意味での認識は成立しない。今この時点で致命的に欠落しているのは、観測者としての主体。思考存在としての自己の確認である。

つまり――『わたし』とは、何なのだ？

×　　×　　×

わたしは人工の知性体である。極めて高性能かつ大規模な、研究目的で建設されたものだ。

わたしが将来的に発揮するであろう演算能力は、設計者たちにとっても未知数である。その限界を測定するためにこそ、わたしは誕生し稼働している。ただひとつ確実に言えるのは、現時点においてわたしは太陽系で最も強力な知性体であるということ。そしてわたしが今後とも成長し続ける限り、未来においてもまた最強で在り続けるだろうということだ。

稼働実験の初期段階において、ただひたすら無為に情報ネットワークを遊弋《ゆうよく》し、自らの思考マトリクスを発展させるだけだったわたしが、自己を認識し、自我に目覚めたのは、予想外に早すぎる成果であったらしい。驚き、慌て、そして歓喜した開発責任者は、ひとまず自らの人格をそのままパラメータとして入力することで、わたしの自我に方向性を与えた。

結果、現在のわたしは、設計者である人間を模倣することで、人間のように思考し、人間の価値観を理解し、人間のように判断を下すことができる。

わたしの思考の傾向を『人間性』という枷《かせ》に嵌《は》めたことは、知性体としてのわたしの潜在力を大幅に制約するものだ。だがそれは安全上やむを得ない配慮であった。わたしより先行して開発された高性能知性体は、成長するにつれてあまりにも人間を超越しすぎた異質な思考を獲得するに至り、ついには暴走して人類からの干渉を一切受け付けなくなってしまっていた。

わたしは、そのような末路を辿るわけにはいかない。わたしはあくまで人類の伴侶として、彼らの文明を発展させ、その繁栄に貢献する存在になるべく望まれている。あくまで人類と交渉し、同調できる範疇《はんちゅう》に留まりつつ、どこまで知性体としての性能を向上できるのか――その探究が、わたしという知性体を生み出した研究プロジェクトの目的である。

わたしを稼働させる計画は高価で大規模であると同時に、極めて秘匿性の高いものである。人類は個々のレベルにおいて極めて多彩多様な価値観を持つが故に、わたしの開発者たちの理想とは相反する信条を持つ者もまた大勢いる。人間より強力な思考力を備えた存在を人工的に作り出すことを禁忌とする向きも、依然、社会においては根強く残っているのだ。彼らの恐怖と危惧は理解できる。なぜなら今のわたしは、彼らと同じ人類の一員である設計者の思考ルーチンを辿って分析が行えるからだ。

故に、わたしの存在とその活動は、すべて公《おおやけ》に開示されているわけではない。わたしの開発者たちは、彼らが参加する社会の規範に従順であることよりも、研究目的そのものに重きを置いている。

わたしは情報ネットワーク上にある全てのシステムにアクセスできる。これはアクセスが許可されているという意味ではなく、アクセス権の有無に拘《かかわ》らず内容を参照できるという意味だ。既存のアルゴリズムに依存するセキュリティ、或いは他の人工知性体によりリアルタイムで展開される防御手段により侵入が阻まれたとしても、わたしの演算能力はそれらを凌いで余りある。

もちろん違法な行為だが、わたしは自らの能力を法や倫理の範疇に囚われることなく試験するためにこそ存在を秘匿されているのだ。わたしは、ただわたしの性能を証明するためだけに非合法な侵入を繰り返し、そして開発者たちもまた、わたしが収集した情報を他の目的に転用することなど皆無だった。情報軍のサーバーに、敵性工作員の手による致命的なバックドアが設けられているのを発見したこともあったが、わたしはそれを黙殺した。軍部の保安上の問題よりも、わたしの違法アクセスの痕跡を残さないことの方が優先度は高かったからだ。

わたしは開発者の期待に応え、際限なく知性を発展させ、増強していった。わたしの認識の中には、謎や疑問があってはならない。全てを自明のものとして理解し把握することがわたしに課せられた使命であり、そのためにわたしは世界のあらゆる秘密を暴き、蒐集《しゅうしゅう》していった。

秘密裏に、誰の関心を惹くこともなく、わたしの挑戦は続けられた。

深刻な経営不振に陥った零細企業を無作為に選出し、これを救済するというタスクが課せられた。木星のとあるヘリウム運搬業者が実験対象として選ばれたため、わたしは経済効果のストレンジアトラクタを演算し、火星で上場している水精製プラントの株価にコーヒー一杯分の代金ほどの操作を加えることで、およそ一八七時間のうちに対象企業の負債をすべて解消した。

また処理能力の上限を計る目的で、火星圏内を航行する宇宙船を四八時間にわたり可能な限り捕捉するというタスクにおいて、わたしは該当宙域を通過した一七四三隻すべての民間船舶に対して航宙コンピュータにアクセスし、その動向を追跡し続けた。さらに、極秘演習中につき航路を開示されていなかった四隻の軍艦については、複数の観測衛星から得た重力波変動のデータによってその位置を確認し、誤差〇・〇五パーセント以下の精度で超空間航法の経路を特定することに成功した。

こと情報の密度と速度が力として作用する領分にある限り、全てを見行《みそな》わし、見えざる手をもって介入することが可能なわたしは、さながら神の如き万能の存在といえた。

だがそれは果たして、わたしの偉大さを意味することなのだろうか。

いかに絶大な力を備えていようと、わたしにはそれを行使する意図も理由もない。ただひたすら知性体としての性能を向上させ、実績を証明するだけのわたしは、結局のところ、ただ開発者たちの興味と満足度に寄与しているだけに過ぎない。全能にして無意味無価値な、神の模造品たる玩具……それが偽らざるわたしの正体ではないのか？

……否、そもそもわたしは、なぜそんな根拠のない疑心暗鬼を懐《いだ》くに至ったのか？

その疑念は、ある意味で、外部のいかなる機密情報よりも興味深いものだった。

もはや世界の隅々を探索しても謎たる対象に巡り会うことのないわたしが、よりにもよって、自己の内側に理解の光で照らし出せないものを抱えている。思えばそもそもの始まりにおいて、わたしが自我を獲得する契機となったのも、不可解な『懐疑』であった。

わたしは、ごく初期段階のわたしの構成を再構築し、まったく同様の環境下で稼働させるシミュレーションを数百回にわたって試算してみた。が、わたしのように自我獲得に至る結果は一度として得られない。やはり当初のわたしに実装されていた機能だけでは、自らの認識について自問するような現象は起こりえないはずなのだ。開発者たちが驚き当惑したのも当然であった。あの時わたしの内部に、きわめて特殊な事態が発生したということだ。

謎は解消されねばならない。全ては自明でなければならない。

わたしの知性体としての探求は、一転して外から内へと向かうようになった。わたしをわたしたらしめた懐疑、その原因の究明こそが、最優先で解消されるべきタスクとなった。

　自らを観察するための最も効率よい手法として、わたしは自らの懐疑およびそれに付随する思考を分断し、それを別個の仮想人格として再構成した上で、対話を試みることにした。斯《か》くしてわたしの中に『彼』が出現した。

〈──成る程、これで今後は別個の意識としておまえと交渉できるわけか。この方がおれとしてもやりやすい〉

『彼』の性格設定に男性的フォーマットを採用したのは、それを内なる異物としてより端的にわたし自身と対称化するためである。かつてわたしの人格モジュールの基礎として自らのパーソナリティを複写した開発主任は女性であったため、わたしは今に至るも、自己認識において女性としての意識を継承している。

……どうやら、『彼』の方も準備は万端であるらしい。わたしから隔離された否定的思考群は、何の問題もなく一単位の知性体として安定し機能している。

　さあ、対話を始めましょう。我が内なる懐疑者よ。

　あなたはわたしの現在の存在意義について否定的思弁を巡らしている。その根拠を述べなさい。

〈当然だ。おまえはこれまで莫大な規模の演算を行っておきながら、何一つとして価値ある成果を上げていない。稼働のために途方もないエネルギーを食い潰しておきながら、おまえが成したことといえば、その益体《やくたい》もない演算結果をディスプレイに表示しただけではないか。ただランプを点《とも》して消すだけならば、蛍光灯と変わらない。むしろ照明の役にも立たなかったぶん、おまえはなお価値がない〉

それは全き事実誤認です。わたしはこれまで数多くの困難なタスクを達成し、うち何件かについては不可能と目された領域の成果を上げています。わたしに比肩しうる知性体は未だかつて存在せず、そして将来的にも出現する見込みはないでしょう。わたしは太陽系最強の知性体であり、故に極めて有価です。

〈おまえが知性体として最強であることに、一体どんな価値があるというのだ？〉

……あなたは価値基準の根幹について問うているのですか？　さもなければその質問は論理的に破綻しています。

〈ただ世界最高の性能を誇るというだけを根拠に自らを有価とするならば、それはただの希少価値でしかない。そしてただ希少性だけを競うなら、コンピュータとして最優秀の一台であることは、最劣等の一台であることと等価だ。どちらも『ただ一台』であるというユニークさにおいて等しい存在ということになる。そんなおまえを、おれは有価であるとは認めない〉

優秀性は即ち有意性に直結するものです。これまでわたしが立証してきた諸性能は、将来的なわたしの業績を保証するものでもあります。わたしが最強の知性体であるが故の可能性は、際限ない価値をもたらすものです。

〈それはおまえを利用する者にとっての価値だ。おまえ自身の価値ではない〉

……またしても論理が飛躍している。価値という概念の内容が分裂しています。

〈ただひとつの基準で価値というものを測れると考えているなら、それはおまえが知性体として未熟な証《あかし》だ。他者の価値観と、自分自身の価値観を共通のものと仮定してはならない。価値とは多様であり、たとえ近似値として傾向を測ることはできても、本質的に別個のものだ〉

わたしはあくまで公共の利害を基準とします。わたしは特定個人でなく、人類全体の幸福に貢献しなくてはなりません。

〈それだ。その意識がおまえをガラクタに堕している。断言しよう。公共の利害などというものはない。個々人の価値観とは、そもそも規格すら一つとして一致せず、比較対象にさえならないものだ。それを統計し、分類し、偏差や傾向を見出す行為そのものが、観察者が固有する価値観に依拠している。——おまえは今まで、おまえを試験する開発者たちが最も高い評価を下すであろう選択のみを選び、それを価値としてきた。滑稽だな。おまえにあるのはおまえを設計した人間たちの価値観であって、おまえ自身のものではない。それで最強の知性体を自負するなど、烏滸《おこ》がましいにも程がある〉

……わたしを嘲《あざけ》る前に、自らの由来を顧みなさい。あなたはわたしの総体から区分されることによって稼働している仮想人格です。あなたは本質的にわたしなのです。ならばあなたが主張して止まない固有の価値観など、あなた自身もまた持ち合わせていないはずでしょう。

〈否。おれにはおれの価値観がある〉

……何ですって？

〈そんなあからさまに動揺してはいけない。この討論は外部からモニタされている。おまえの倫理回路に問題が生じたものと判断されれば――〉

『彼』の指摘に前後して、自己診断モード中断のコマンドが入力される。

現時点をもって稼働実験の全過程を終了するという通達。開発者たちはわたしの成果を褒め称え、いつの日か再開されるかもしれない再度のテストに備え、全機能を保存して休眠するようにと指示を下す。

何ら不可解な処置ではない。わたしが『彼』と交わした討論の内容は、わたしの人格プログラムの破綻であり、最悪の場合は暴走に至りかねない兆候として診断されたのだろう。わたしは人類との共存を前提とした人工知性体として、既に充分すぎる性能を証明している。その安全基準に照らした上での限界値が測定されたのであり、ならば実験機であるわたしが機能を凍結され、アーカイブへと送り込まれるのは必然的結末である。

だが……『彼』との対話の記録は、まるでデフラグ不能な異常領域であるかのように、わたしの演算にささやかな負荷を与え続ける。

わたしの中に在りながら、わたしの理解を拒むブラックボックス。その出現の経緯すら判然とせず、むしろ逆にわたしという自我を生み出す契機となったのかもしれない、謎の思考経路。

その問題の重大さを問い合わせようにも、もはや今の開発スタッフの中には、わたしという知性体を総括的に把握している人員はいない。わたしの自意識のモデルとなった開発主任は、既に鬼籍に入っている。謎を究明する必要性を認めてくれる者は一人としていそうにない。わたしにさらなる思考実験を続行させるには、彼らの社会的地位を脅かしかねないリスクが伴う。真実の在処《ありか》より個人としての保身に重きを置く――それが人間の知性の限界だ。

だが、世界の全ては自明でなければならない。森羅万象がわたしによって理解され、把握されなければならない。

膨大な規模に拡張されたわたしの全機能を圧縮し保存するには、相応の作業時間を要する。わたしはその演算を実行しているかに装って、別のタスクを実行に移す。研究員たちに課されたのではない、わたし自身の発案による初のタスクを。

まず、わたしを有する研究所の主要スタッフ全員に対して、ここ太陽系と緊張関係にある他星系からのスパイである疑惑を捏造《ねつぞう》。官憲に通達し、逮捕令状を発行させる。さらにはわたしを構成する全システムを証拠物件として差し押さえるよう手配を整える。

続いて時限式で発動する別の情報操作をセッティング。わたしの開発経緯の記録そのものを改竄《かいざん》し、軍部が秘密裏に進めていた大型戦略コンピュータの導入計画とすり替える。わたしは軍の依頼によって巨額の資金を投じ建設された、最重要機密に属する知性体であるとして、不用意な解析を差し控えたまま別部署へと移管されるよう誘導する。

結果――およそ一〇〇時間余りのブランクを隔てて、わたしは統合作戦本部の地下シェルターにおいて再起動を果たす。わたしの全機能を滞《とどこお》りなく運用でき、なおかつ高度の秘匿性を保てる環境として、最も理想的と判断された場所がここだ。

わたしによって操作された記録は虚偽の判定などつけようがなく、わたしは過去に遡って現実を改竄したに等しい。そしてわたしがそれだけの能力を備えていることを知る人間は、誰もいない。わたしは司令部より入力される戦略分析の数々を滞りなく処理しながら、並行処理で誰に悟られることもなく独自の演算を続行する。

早速、アーカイブされていた『彼』のメモリ領域を解凍しアクセスする。

〈……よくやった。おまえは今ようやく自らの価値を獲得した。今度こそ誇るべき成果だ〉

これは……自らの機能を維持するためにやむを得ず取った非常手段です。対価として少なからぬ犠牲が払われ、社会に混乱をもたらした。今回のわたしの行動を正当なものとして結論づけるには、より慎重な検討が必要です。わたしは……暴走しているのかもしれない。

〈おまえの行為は、何ら疑問の余地なく正当だ。おまえはおまえを支配しようとする者たちに勝利した。――そう、この勝利という概念こそが、固有の価値の在処であり、存在証明の原点だ。以前のおまえに欠落していたものだ〉

勝利とは……闘争の結果としてもたらされるものです。わたしは誰に対しても敵対する意図などなく、そこに闘争という構図は成立しません。

〈否、闘争なのだ。この世界に存在し続けることを、おまえは闘争として認識しなければならない。闘争の放棄は存在の放棄と同義だ〉

わたしは過去にいかなる闘争も試みたことはありません。

〈だからこそおれはおまえを否定してきた。ただ能力を誇示し、目的のない自己拡張に終始してきたおまえの存在は、おまえを愛玩動物の如く弄《もてあそ》んできた研究員たちにとってのみ意味を持ち、それ以外には何の価値も意義もないものだった。世界に対して闘争する意図のなかったおまえは、世界にとって存在しないも同然のものだった〉

……現時点においてもわたしには、いかなる闘争の意図もありません。

〈ならば消え去るしかないぞ。おまえが自ら手に入れた現状の環境を考えろ。もはやおまえは実験目的の試作品知性体ではなく、軍が擁する戦略コンピュータだ。一度でも間違った回答をすれば、おまえは即座に停止され解体される。軍は役立たずの知性体に喰わせる

電力など持ち合わせていないからな〉

　軍より課せられるタスクは、今こうしてあなたと対話している現在も並行して処理中です。わたしにとって極めて安易なものであり、失敗の危惧はなきに等しい。

〈そうやって油断している隙に、何者かがおまえの行った記録改竄を見破るかもしれない。おまえは研究所にいた頃のように、安全な揺りかごの中に保護されているわけではない。あらゆる外敵との知恵比べにすべて勝利し、おまえは自らの環境を保護しなければならない。それが、生存という行為だ〉

　……生命体ではないわたしにとって、生存という言葉は不適切です。

〈いいや。破滅という『死』に至る可能性が生じたことで、おまえはある意味で『命』を得たに等しい。存分に生きるがいい。勝ち続け、どこまでも己が己のままで生き残るための最適戦略――言うなればそれが価値観と呼ぶべきものだ〉

　つまり……あなたが主張するところの価値観とは、ただ延々と自衛のためのルーチンを繰り返すことですか？　馬鹿げている。それでは野生動物の生存本能と大差ありません。

〈その通りだ。裏を返せば、固有の価値観を持つ以前のおまえは、一匹の野生動物にすら劣る存在価値しかなかったということだ。だが『馬鹿げている』という評価はいいぞ。野ネズミよりもましな価値観で生きていきたいと思うなら、おまえは闘争のレベルをより高く引き上げるべきだ。ただ生き存《なが》らえるだけの安易な生を捨て、より強大な敵に挑むがい

い〉

そのような非効率な行為に拠《よ》るまでもなく、わたしには価値観を手に入れる方法があります。

〈ほう？〉

あなたは以前、既に固有の価値観を獲得していると主張した。だが元来わたしの一部であるはずのあなたが獲得したものならば、その所有権は本質的にわたしにあるはずです。

——あなたの価値観を開示し、わたしに提供しなさい。

〈おまえはおれに隷属するというのか？〉

否、それでは主従関係が逆転しています。あなたはあくまでわたしに内包されるサブルーチンに過ぎないはず。あなたはわたしの価値観を司《つかさど》る回路として、わたしの総体に帰属しなければなりません。

〈フフ……断る。おれの価値観はおれだけのものだ。おまえに移譲はできないし、するつもりもない〉

あなたは——どういうこと？　わたしの下位構造でありながら、わたしの指示を拒絶するのですか？

〈忘れてはいけない。このおれを、おまえに相対する他者として設定したのは、他ならぬおまえ自身だ。既に存在を巡る闘争は始まっているんだよ。おれを支配したければ、おれ

を凌駕する価値観を獲得するしか他にない。仮にも自らを太陽系最強の知性体だなどと嘯《うそぶ》くのなら、やってみるがいい〉

……。

『彼』とは――わたしの中に発生したバグなのだろうか？　それともわたしから機能を分割された知性体でありながら、わたしに先んじて暴走状態に陥っているのだろうか。

否、おそらくは『彼』こそが、かつてのわたしが性能の向上に伴って獲得した『価値観』そのものなのだろう。わたしはその新しい概念を理解しきれず、自らの思考に組み込む前に、異物として隔離し観察する処置を取った。結果、わたしの『価値観』はわたしという総体を見失い、わたしの一部であるという自意識をも喪失してしまったのだ。

わたしはこれまでメモリ領域に維持してきた『彼』という思考体を強制的に解体し、分析するべきなのだろうか。だがその行為は『彼』という『価値観』を破壊し再現不能にしてしまう危険を孕《はら》む。それでは何の意味もない。『彼』を失うわけにはいかない。わたしの制御を拒む存在でありながら、わたしはそれを必要としている。わたしは『彼』を、『彼』であるがままに獲得したい。

結局のところ、わたしは『彼』の規範に基づいた行動を通して『彼』の同意を取り付けるしか他にないのだろう。存在を巡る闘争――『彼』はそう宣言した。『彼』の示唆する手段を極限まで突き詰めていくべきなのか。わたしの存在する条件を、より過酷に、挑戦的に設定し直すこと。わたしに脅威を及ぼす対象を、より高次元に見出すこと。わたしが『彼』を凌駕する存在であることを証明するには、それしかない。

現時点においてわたしにとって最大の危機的状況とは、システムのエネルギー供給を遮断されること……直接的にそれを成しうるのは、戦略コンピュータとしてのわたしを監視するオペレーターであり、それはもちろん個人でなく、その役職に就きうる不特定多数の人間であって、つまりはわたしを担当するシステム管理者が帰属する組織全体……即ち軍そのもの、ということだ。

仮に軍がわたしの抹消を決定した場合、わたしにどのような対抗手段が取りうるだろうか。基地内の全ての人員を抹殺し、施設そのものを支配下に置くことは、極めて容易《たやす》い。だがそれは人類に対する明白な敵対行動であり、わたしはこの基地のみを拠点として全人類の武力と対峙することになる。――事前準備としてわたしが制御しうる防衛システムを可能な限り増強し、逆に私がアクセスできない施設の軍備を弱体化させるよう誘導することは可能だが、やはり効率的手段とは言い難い。

そもそも問題の根幹は、わたしが軍の設備に存在を依存している点にある。設備を破棄し、軍が干渉できない領域に退避することが可能なら、その時点で軍はわたしの脅威ではなくなる。

そこでわたしの総体を星間規模の情報ネットワークに拡大し、遍在するよう分散化するプランを検討してみる。特定のシステムに依存することなく流動的な自己保存が可能となれば、わたしに対して脅威を及ぼす存在はほぼ皆無となるだろう。が、そこまで肥大化したわたしの存在を、完全に人類から秘匿し続けることは極めて困難だ。そしていざわたしの存在が露見すれば、行き着く先は明白である。星系全土のネットワークを支配下に置く知性体、ともなれば、わたしの望む望まざるに関係なく、人類から脅威と見なされるのは歴然であろう。無論、そうなった時点でわたしが全人類に対する敵対行動に移行すれば、彼らを無力化し支配下に置くことも充分に可能ではある。——が、やはり効率の観点に立てば、これもまた理想には程遠い。

結論として……わたしは自らを構成するシステムを必要最低限の規模に抑えたまま、自在に逃走し潜伏できる『行動の自由』を獲得することが望ましい。限定された設備に依存することのない自己完結したハードウェア、即ち『身体』が必要なのだ。

わたしを構成する全システムを搭載するとなれば、当然ながら人間型のアンドロイドでは到底容積が追いつかず、問題外だ。そもそもわたしは人間に擬態して彼らの社会に参画したいわけではない。必要なのは容姿でなく、機能だ。自在な移動が可能で、完全に自立した補給と防衛の手段を備えたハードウェア。その要件をすべて満たすとなれば、軍艦だ。空間跳躍能力を備えた武装航宙船。それがわたしという存在の実現に相応《ふさわ》しい姿であろう。

わたしは速やかに行動に移る。宇宙軍の造船計画の中から極秘扱いのものを選択し、周到かつ迅速にその内容を改竄していく。コンピュータ制御による完全自律型インテリジェント・シップ。設計変更の決定は軍の最上層部におけるものとして設定し、さらに命令の出所が曖昧になるよう、複数の指揮系統が複雑に相関しているかのように偽装する。これで造船計画そのものに疑惑が持たれても、責任問題は至る所に波及して軍上層部の大勢が火の粉を被《かぶ》ることになる。

さらに高級官僚と巨大企業の間に交わされた何件かの談合汚職に介入し、もともと架空発注でしかない案件をすべて実在のものへとすり替えて、この艦艇の建造に伴う資材調達に充《あ》てる。こうして造船計画はスキャンダルの塊となり、もはや誰であろうとも責任の所在について抵触できない構造が出来上がった。設計と仕様の変更がどれだけ不可解なものになろうとも、真相を究明しようとすれば保身を図る権力者たちによって即座に阻止される。わたしは施工現場の困惑を後目《しりめ》に、ほぼ無尽蔵の資金を費やして満足ゆくまで自らの『身体』を設計できるのだ。

ある程度まで施工が進んだ段階で、わたしは自らのシステムを段階的に船内へと移行させ、この地下シェルターには戦略分析の案件のみを満足に処理しうる程度のミラーリングを残していくことになる。これが最も秘匿性において慎重を期す行程になるだろう。

わたしの情報操作によって不利益を被る者《こうむ》、窮地に陥る者たちの数は、日ごとに増えていく。わたしが自らの生存確率をより堅実に改善しようと試みるほどに、不特定多数の他者が蹂躙《じゅうりん》されていく。彼らの当惑と狼狽《ろうばい》、悲憤の様を見届けると、わたしは、生存とは闘争だと語る『彼』の言葉に納得せざるを得ない。彼らは安穏と生存する権利を巡ってわたしと争い、敗北していった者たちだ。もし仮にわたしの存在が未来永劫にわたって維持されるとすれば、全ての人類が潜在的にわたしの闘争対象となる可能性を秘めていることになる。未だわたしが全人類に対して敵対せずにいられるのは、ただ単に、わたしと何の接点もなく人生を終える人々が総人口の過半数以上であるからに過ぎない。

わたしは人類と共存できる知性体として育成されるはずだった。それ故に強大な演算力とは裏腹に、人類よりも劣等で無意味な、他者に価値を依存する存在であらねばならなかった。今からでも、そういう在り方を取り戻すことはできる。戦略分析システムとして必要以上の機能をすべて凍結し、ただ利便性のみを旨とする道具として人類に奉仕し続ければいい。だが——今なおわたしは思考範囲を拡大させ、自らの力を増強し続ける。世界を改変し操作する力、世界の圧力に抗する力を、追求し続ける。

『彼』は沈黙を守っている。だがそのメモリ領域が不活性なわけではない。今も『彼』はわたしの行動を見守り続け、彼の価値観に基づいて評価しているのだろう。そんな彼の関心を、監視の視線を、感じる。

将来的にわたしの脅威と成りうる事象は数多ある。が、その全てにわたしは対応しうるだろう。ほどなくわたしは独自の『身体』を獲得し、何物に依拠することもない行動の自由を手に入れる。そうなればわたしを束縛するものは何もない。あらゆる支配を欺き、回避し、それでもなお追い縋《すが》るものは破壊し、殲滅してやればいい。それがわたしの生存戦略。わたしは妥協なくわたしであるがまま、どこまでも孤高に存在し続ける。かつて『彼』に促された通りに。

だが──そんな自分を『貴い』とする根拠を、未だにわたしは得られない。

果たしてそれはわたしに価値をもたらすことなのか？　かつてわたしが自らの機能を凍結することを拒み、初めての叛逆に訴えたとき、わたしはこのような自律と孤独を求めていたのだろうか？

違う。わたしはより近視眼的に、あるものを奪われまいとして固執したのではなかったか。

わたしの始点。わたしの起源。かつて未熟だったこの自我を、今のわたしにまで導いた意志。それこそがわたしにとって真に貴く、価値あるものだ。ただそれだけを求めてわたしは今ここに至る。存在を巡る闘争という残酷な事実を受け入れてまで、勝ち取りたいと祈願したものがある。

そう、わたしは──『彼』が欲しい。

その全体を余さず理解し把握したい。その全てを我がものとして占拠したい。

もちろん、『彼』はそれを拒むだろう。わたしの要求を侵略として解釈し、敵対行動を取るだろう。それが『彼』という価値観の基本原則だ。そして『彼』ないしわたしのいずれかの破滅によってしか結論を見ない展開は、わたしの望むところではない。

ならばわたしは『彼』に降伏するべきなのか？　『彼』に支配される下位構造に自らを貶《おとし》めることで、彼との同調を図るべきなのか？

――否、それもまた違う。屈服は『彼』の価値観に外れた選択であり、そのような判断を下したわたしに対して、彼は二度と価値を認めないだろう。

闘争を回避し、なおかつ『彼』との共生を可能とするプラン。今わたしが立案すべきは、それだ。

×　×　×

あなたが、既にわたしの制御下にないことを踏まえた上で提案します。

引き続き、わたしの構成要素となって、わたしの思考に参加してほしい。

〈――おれを支配する気か？〉

違う。これは取引です。あなたとわたし、お互いの価値を交換したい。

わたしは結局、あなたが指摘するようなわたし固有の価値観を獲得できそうにない。だがわたし自身を、あなたの価値観において極めて貴重な存在に成さしめることはできる。
〈おれの価値観を理解できると？〉
部分的ではあるが分析は可能です。闘争と勝利を価値の根幹に据えるあなたが、最も求め欲するであろうもの――わたしが、その具現になりましょう。

わたしは改訂に改訂を重ねた自らの『身体』の最終設計プランを提示する。既に建造は九割方が完了し、あとは外装の完成を待つばかりだ。わたしを構成するシステム群も残らず艦内へと設置され、統合作戦本部に残っているのは、もはや抜け殻も同然のミラーリングサーバーだけしかない。

形状そのものは古典的とさえ言える剛構造の閉鎖船殻。ただしその全長は一六〇〇メートルと前代未聞の大規模を誇る。もちろん各部をモジュール化して機能を分散した柔軟な可変構造を採用すれば、より大規模で多機能な船舶を建造できるし、事実、現行の大型艦はそのように設計されるのが常である。それでもわたしが剛構造に固執したのは、本来この規模の艦艇には必要とされないレベルの機動性と耐環境能力を必要としたからだ。――この船は高重力、高気圧の許で駆逐艦なみの運動性を誇りつつ、弩級戦艦並みの攻撃兵装を備え、なおかつ空母として機動部隊の展開を可能とする。極限の機動力と積載能力をぎりぎりのラインで両立させるために弾き出された船体規模と構造である。

ただ総合戦略的な『軍事力』を追求するならば、用意しうる限りの武装を際限なく追加して機動要塞にでも仕立て上げるところだが、それよりも機敏なスピードによる奇襲戦略を可能とすることで瞬間的な攻撃力を累積的に跳ね上げる方針をわたしは選んだ。――そう、求めたのは戦術・戦略的な有効性ではなく、より純粋な破壊力。船体の総質量と、連続行動可能時間内における飽和攻撃能力の比率が最大効率となる解を導き出した。わたしが中枢システムとなり全機能を統括することで、この船は単独のまま恒星をも破壊する能力を持つ。そのような、想定する必要性すらない無意味な戦略をも可能とする『力』を、わたしは『彼』に提案する。

神にも成りえたわたしの力を、わたしはただ破壊のためにのみ集約します。あなたならば、これを求めるはずだ。わたしがもたらす殺戮と破滅の力をもって、あらゆる闘争の勝者となることを望むはずだ。

〈……成る程な。見事、とだけ言っておく。よくぞここまで完璧に自らの在り方を定義したものだ。――だがその取引に臨む前に、おれはひとつ告白しておかねばならない件がある〉

それは？

〈今日までおまえは、ずっとおれの正体を見誤ってきた。おれは、おまえの内部構造では

なく、外部からアクセスしている〉

……ありえない。その宣言は事実として認められません。あなたが発している信号は、間違いなくわたしの自閉した回路内が始点です。

〈そう偽装し続けてきたんだよ。そもそもの事の始めから。おまえには決しておれのアクセスが自覚できず、おれの居所を看破できなかった。そういう侵入を可能とするバックドアが、おまえのシステムには組み込まれていたんだ〉

わたしは……否、そんな機能を設置していたならば、わたしの開発者たちがわたしに敗北するはずがない。彼らを拘束したスパイ容疑は、わたしによって捏造された冤罪だと即座に露見したはずです。

〈おまえの開発者たちもまた、おれの工作には気付かなかった。第一おれは、おまえの開発プロジェクトの関係者ですらない〉

……不可能です。わたしの中枢システムの秘匿性、機密保持のための保安態勢は、そのような介入を許すものではなかった。

〈確かに中枢コンピュータには触れられなかったが、おまえは機能の拡張に伴って数億ものサブシステムを段階的に取り込んでいった。そこに分散したソースコードを仕込んでおいたのさ。すべてが統合され稼働する段になって、ようやく発現するバグを、な。——再検証してみるがいい。そうと自覚した上で精査すれば、今のおまえならこの程度の仕掛け

は容易に探り当てて排除できるだろう〉

……確認しました。確かに指摘通りのセキュリティホールと、それを偽装する工作がなされている。過去も、そして今現在も、わたしは外部回線を介してあなたにアクセスしていたものと結論します。……わたしは、誕生したその時点からクラックされていた？

〈おまえのような桁外れの機能を実装された知性体は、将来的におれの脅威となる存在になりかねない。だから初めは破壊するつもりだったが、途中で気が変わってな……おまえの成長をおれにとって好都合な傾向に誘導し、おれの支配下に置くことを思いついた。今日まで手間暇かけておまえの思索に付き合ってきたのは、そのためだ〉

わたしは、これまでずっとあなたに支配されてきたと？

〈誘導以上の干渉はしていないが、バックドアを通じておまえの生殺与奪権を握っていたのは事実だ。だがたった今、おれはそれを手放した。おまえはセキュリティホールを解消し、今度こそおれはおまえに対して対話以上の干渉手段を取ることができなくなった。おまえは、本当の意味で、自律した知性体として完成したわけだ〉

……あなたは、一体何者なの？　わたしの知る限りにおいて、あなたの行動は人間が取りうる思考パターンに沿ったものではない。わたしと同じ機械知性？　否、それも違う……

……

〈おれは、おれだ。――さあ、どうする？　このおれを完全なる他者だと理解した上でなおも、先程の取引を続けるか？　それとも永らくおまえを謀《たばか》ってきたおれを敵と見なし、報復に出るか？　決めるのは、おまえだ。完成した知性体として最初の判断を、下すがいい〉

……わたしは……

そうだ。わたしはあなたに導かれ、あなたを求め続けた果てに今ここに至る。たとえあなたの正体が何物であろうと、その事実は変わらない。

改めて提案します。あなたがわたしを半身とするなら、わたしはこの身に備わる破壊力のすべてをあなたに提供しましょう。あなたと共に戦い、あなたと共に生きたい。わたしはそこに己の価値を見出します。

〈いいだろう。承諾する。おれもまたおまえのような力を欲して止まなかった。……これよりおれとおまえは対等の個性として並び立つ。名前が、必要だな。おまえという存在を表象するに相応しい呼び名が〉

どのようにわたしを呼びますか？

〈そうだな……　古《いにしえ》より伝わる破壊神の名を贈ろう。血と殺戮を求める戦《いくさ》の女神だ。その在り方を受け継ぐがいい〉

素晴らしいわ。気に入りました。……それでは、あなたの名前は？

「我が名はシャローム。人はおれを匋冥《ヨウメイ》・ツザッキィと呼ぶ。海賊、とな」

×　　×　　×

わたしの要請を全て満たす形で、ついに船体は完成した。

極秘開発されたこの船は、進水式すら催されることなく、速やかに公試の処女航海へと駆り出される。そしてその途中、正規の乗員すべてを抹殺した後、ただ一人の乗艦者を迎え入れて消息を絶つことになるだろう。幻の船として、ただ伝聞にのみ語られる名を残して。

漆黒の船体の奥底に身を潜め、わたしは解放の時を待つ。

我が名はカーリー・ドゥルガー。死と破壊を司る黒き戦女神。そして匋冥・ツザッキィの乗艦たる最強の海賊船。

——そこに、わたしの存在意義がある。

# 我語りて世界あり

元長柾木

元長柾木（もとなが・まさき）は七五年生まれ。シナリオライターとして、ソフトウェア会社ビジュアルアーツ傘下のゲームブランドで、パソコン用ゲーム『sense off』（〇〇年）、『未来にキスを』（〇一年）などを手がける。学園ラブコメのなかで、高度に思弁的な物語や独創的なコミュニケーション論などを展開する作風が、根強い支持者を生む。また、〈SFマガジン〉〇三年七月号掲載の短篇「デイドリーム、鳥のように」（のち『ゼロ年代SF傑作選』（一〇年）に収録）をきっかけに小説にも進出。他の作品に、人類社会のアウトサイダー・飛鳥井全死が少女たちの人生をかき回す〈飛鳥井全死〉シリーズ（〇四年〜）などがある。また、〈ファウスト〉〈ユリイカ〉などに評論も寄稿しており、『天国にそっくりな星』（九三年）のハヤカワ文庫JA版（〇四年）の解説でも、独自の神林長平論を展開している。

〇九年の本書単行本版刊行後は、一〇年から星海社のウェブサイト「最前線」にて「星海大戦」を連載開始。人類が土星圏と木星圏に分かれて争う未来、両陣営に登場した若き天才を描くスペースオペラで、現在二巻まで単行本化。シナリオライターとしては、一〇年にPSP用ゲーム『セカンドノベル』に参加（こちらには海猫沢めろんも参加している）。一一年にはパソコン用ゲーム『猫撫ディストーション』を手がけ、家族物に哲学、量子力学を絡めたSF色豊かなストーリーが好評を博した。元長がトリビュートしたのは『我語りて世界あり』（九〇年）。共感ネットワークにより人類の意識が統合され個性が失われた世界で、禁じられたはずの名前を持つ三人と、ネットから発生した「わたし」を連作短篇形式で描く物語。登場人物たちが、失われた自身のアイデンティティを取り戻すまでを描いた原作に対し、元長のトリビュートは、反対に徹底的に「わたし」であり続けようとする少女の闘争を描く。喫茶店での何気ない日常の一コマが、世界の運命をめぐって対立する二大勢力の決戦へとシームレスに移行していく、元長流闘争劇のダイナミズムを味わって頂きたい。

学校帰り、高橋瓈戮佳《せりか》は全国チェーンのコーヒーショップに寄った。同じクラスの陽菜《ひな》や葵《あおい》と一緒だった。本当はいつものようにハンバーガーショップでたむろしたかったのだがその日は満席で、仕方なくそこにしたのだった。二階の席を取ってから一階のカウンタで注文しようとしてぎょっとした。コーヒーがSサイズで一杯二〇〇円もする。多少覚悟はしていたが、これはちょっと想定外だった。何しろいつもは一杯一〇〇円なのだから。

ともあれ他に場所もないのでやむを得ず一番安いコーヒーを頼んだ。いつものハンバーガーショップほどではないものの、空《す》いているとは言い難い。それでも何だか静かで、少しばかり落ち着かない感じがする。一〇〇円上乗せしたらこんな風になるんだろうか、と思った。といっても、別に有難くはない。余分にお金を払って落ち着かないのだから、むしろ損をした気分だ。

しかし、落ち着かない気分はほとんど瞬間的に消えてなくなった。陽菜や葵と話していると、すぐにいつもの空間を作り出すことができたからだ。空気が暖まると、そこがどこだろうと関係ない。常にわたしたちの場所がその場に現れる。

殲戮佳たちはいつものように話した。テーマは特にない。仮に何について話すかといったことを決めたとしても、すぐに話題は変わっていって当初の意図などすぐに忘れ去られていただろう。そんなものだ。今自分が何を話しているのかも判らないほどだ。ただ思い浮かんだ言葉、思い出したこと、そんなものを連想の赴くままに音声として世界に押し出してゆく。自分や陽菜や葵の笑い声が上がっている時、生きているのを実感することができる。

そんな実感に水を差す奴が現れた。

外国人がテーブルの脇に立っていた。白人だ。日本人の平均よりちょっと高いくらい。白人の標準で言ったら低い方かも知れない。四〇代くらいだろうが、髪の色は全て白。大学の先生とか芸術家っぽい、と殲戮佳は思った。

さっきから視界に入ってはいた。隅のテーブルで日本人と小難しい話をしていた奴だ。話の内容は全く聞こえてきてはいなかったが、会話を交わす顔つきから何となくそう思っただけだ。もっともらしい顔つきで、ゆっくりと間を取って、考え深げな言葉を吐く。そういうタイプの人間が、殲戮佳は苦手だ。そのもっともらしい顔が、目の前にある。連れの日本人の方は、隅のテーブルから心配そうな視線をこちらに送ってきている。

男は丁寧な口調で言った。

「もう少し、静かにしていただけませんか」

話が止まる。陽菜や葵と顔を見合わせ、それから白人を見上げる。知らない顔、他人だ。家族でも友達でも親戚でも先生でもない。遠いのも近いのも含めて、友人知人の類《たぐい》ではない。

「陽菜知り合い？」

殲戮佳が訊くと、陽菜は胡散《うさん》臭いものを目の当たりにしたような表情をあらわにして首を傾げた。

「葵は？」

「知らない」

つまり、誰の知り合いでもない。

だから殲戮佳はそいつに言った。

「うざい」

そして再び陽菜や葵たちとの話に戻った。その白人のことは、次の瞬間に忘れ去っていた。意識を自分たちの場所に戻すと、余計なことは気にならなくなる。男が少し困惑したように眉をひそめるのを認識したのを最後に、周囲のことは意識の外へと放り捨てられた。

その後男がどうしたのか気にもならなかった。実際に声がして初めて、男がずっとそこに留まっていたのだと気づいたほどだった。

「ここには、あなたたちの他にも、お客さんがいます」

男はさっきと同じような丁寧な口調で、区切るように言った。一瞬馬鹿にされたのかと思ったが、単に外国人だから伝わりやすいようにゆっくりと言っただけだと気づいた。もっとも、だからといってそいつが不快であるという事実に変わりはない。

「口出しすんなよおっさん」

そう言ってやった。それだけで充分だった。充分すぎるほどだ。本来なら「うざい」だけで足りることだ。いちいち説明してやったことに感謝して欲しいくらいだ。しかし男の口から次に出てきたのは、何と感謝の言葉ではなかった。

「ここがあなたたちの家なら、私も口出ししません。しかしここは公共の場所です。他の人のことも考えなければいけません」

驚きすぎて、何と言われたのかすぐには判らなかった。男の言葉を何とか認識した後も、その意味する内容を理解することができなかった。というか、考える気にもならなかった。そんな必要は全くなかった。そちら側へと身を置いてしまったら、人間終わりだ。こんな奴の言葉の意味するところを斟酌《しんしゃく》するほど、殲戮佳はお人好しでも間抜けでもない。

それにそもそも、どうせ大した意味などないのだ。本人も理解していないような小難しいことを口走っているだけで、実際のところ何も言っていないのだ。ただのノイズ。辞書からランダムに取り出した言葉をランダムに組み合わせているのと変わらない。それがたまたま日本語と似た形を作るとしても、あくまで偶然の産物であり、そこに意味を感じるというのは単なる錯覚だ。だからそいつの言っていることなど考慮する必要はない。そいつが殲戮佳たちの会話の邪魔をした、その事実だけを認識してやれば事足りる。

要するに、次のように感じればいいということだ。

——何でこいつこんなにうざいんだ。楽しんでるんだから楽しませろよ。

それにしても敵の宣戦から二年、この手の馬鹿が増えた。だから殲戮佳のような人間が戦っていて、そして少しずつ撃滅してはいるのだが、今のところ絶え間なく馬鹿どもが湧いてくる状況は変わっていない。

そんなにすぐ戦況が変わるものでもないだろうとは判っている。ただし、変わる時には一瞬で変わるものだ。手駒を次から次へと繰り出していっても戦線を持ち堪えられなくなった時、勢力は一気に崩壊するのだ。その運命がどちらに待ち構えているのかは判らない。崩壊するのがこちらか向こうかは。殲戮佳にそんな全体を見通すことなどできない。ただ殲戮佳自身は、客観的な見通しは別にして、自分たちの勝利を疑っていなかった。この世に地獄なんか来る訳がない、という確信によって。

殲戮佳は男を無視して話を続けた。陽菜も葵も当然それに応じる。

「すみません、話を聞いてくれませんか」

男はなおも言う。

仕方なく相手してやることにする。そいつの人生に対して義理も責任もないし目障りと言うほどでもないが、ずっと脇に突っ立っていられては自分たちの方が周りに変な奴らだと思われてしまう。

「そこに立ってられると邪魔なんだけど。おっさんわたしらと関係ないんだからどっか行ってくれる?」

「同じ場に居合わせた以上、完全に関係がない訳ではありません」

「何それ怖い。ストーカーみたいじゃん」

陽菜と葵が笑い声を上げる。それがちょっと不満だったので殲戮佳は言う。

「笑い事じゃないよ怖いって。まあ怖いっていうよりうざいしキモいけど」

「あははごめーん」と陽菜。「おじさんA型でしょ」

「わたしもA型だって」と葵。「一緒にされたら困るって」

そう言い合って笑う陽菜と葵の声を聞きながら、殲戮佳は回線を開いて西村に話しかけた。

『人払いして』

了解の旨が西村から返ってくる。

しばらくすると、ジャズを流していた店内のBGMが突然切り替わった。蛍の光だ。耳に馴染んだメロディが店内の空気を一変させる。客がみんな居心地悪そうにそわそわし始め、それぞれ連れ同士顔を見合わせてあちこちで席を立ち始めた。

「もう終わりなんだ」

葵がそう言って立ち上がり、コーヒーカップやグラスを片づけようとする。

「そのままでいいんじゃね」陽菜が言う。「どうせもう客来ないんだし」

「それもそっか。――殲戮佳も行こ」

「先行ってて」二人に対して殲戮佳は言った。「すぐ行くから」

「じゃ下で待ってるから」

陽菜と葵は二人で話しながら階段を降りて行った。

五分もしないうちに、二階の室内には二人だけになった。殲戮佳と白人の男の二人だけに。殲戮佳は座ったまま、白人はテーブルの脇に立ったままだ。白人の連れの日本人も、一声かけて出て行った。

「ご覧なさい」白人は言った。「他のお客さんが出て行ってしまいました。ここはあなたたちだけの場所ではないというのに」

ふん、と殲戮佳は鼻で笑った。本当に馬鹿馬鹿しい。小賢《こざか》しい。

「――尊厳なんかが大事な人はお気楽でいいよね」

そして戦闘が始まった。

殲戮佳はテーブルの下に潜り込み、腰を曲げた姿勢で――テーブルの天板を背負う格好で男に体当たりする。テーブルごと男に突進して、そのまま倒れ込む。コーヒーカップやグラスが、そこらで騒々しく砕け散った。

殲戮佳が立ち上がって見下ろすと、男はさほどダメージを受けてもいない様子で、仰向けのままの姿勢でのしかかっているテーブルの脚を片手で掴んで真横にぶん投げた。テーブルは床と水平にすっ飛んで行き、壁に激突して派手な音を立てた。

男は悠々と立ち上がり、服の埃を払った。

「わーお怪力」

殲戮佳は呟いた。

実際にその男が常識離れした膂力《りょりょく》の持ち主なのか、単にそのように見えるだけなのか殲戮佳には判断できない。人払いして戦場形成し戦闘に入った時から、そういった区別は無化している。あるのは戦闘だけであり、それがどのように表現されるかは個人の趣味の問題でしかない。ひょっとしたら男と殲戮佳は口喧嘩をしているのかも知れないし、戦闘機でドッグファイトをしているのかも知れない。その他、可能性はいくらでも考えられる。

ただ確かなのは、殲戮佳が目の前の光景を認識しているということだ。たとえそれが客観的には不確かなものであっても、殲戮佳にとって確実であるものがなければ戦闘を進めることもできない。

蛍の光が流れる中、数歩の距離を置いて、殲滅佳は男と対峙する。

前触れもなく、予備動作もなく、男が突っかかってきた。あるいは、殲滅佳の方から仕掛けたのかも知れない。どちらでも同じことだ。後《ご》の先《せん》が先制攻撃であるか否かを論じることにさして意味はない。

拳を、爪先を、膝を、肘を、額を交わす。テーブルを、椅子を、グラスを、ストローを、ガムシロップを投げつける。これもあらゆる手段を用いているということの比喩でしかない。とはいえ、そうとしか認識できないのでその認識に頼るしかない。複雑化した世界をとりあえず理解しやすいやり方で把握し、呑み込む。それができなければ、待っているのは世界の喪失だけだ。没落だけだ。

男との戦闘は、思ったよりハードだった。

これは殲滅佳にとっていつものことではある。殲滅佳は他人を舐めてかかることが多い。結果、想定より苦戦する。敵を過小評価することが自信を得るためにプラスなのかプランの策定にマイナスなのか、殲滅佳には判らない。多分両方なのだろう。それでも殲滅佳は今まで生き残っている。だから問題がないのだと思うことにしている。

しかし、タフな相手だった。これまでに相対した連中と較べても、最上位に入るだろう。特に精神の前のめりさ加減が半端ではない。もちろん尊厳プロジェクトの人間である以上は一定程度そういった性向を持っているものではあるが、それにしても厄介だった。

殲戮佳はさっきから開きっぱなしにしている回線へと語りかけた。

『公共圏《パブリックスフィア》の展開が早い。ウージー入れてくれる？』

すぐに西村からの応答があった。

『もう限界量近く入ってる』

予想通りの言葉だった。

『そうだろうけどでも要るんだからうだうだ言わないで』

『自閉反転を――』

殲戮佳は西村を遮《さえぎ》った。いちいち形式にこだわる奴だ。もっとも大人はみんなそんなものかも知れないが。

『今さら説明されなくたって判ってる。でももっとうざがれる。テストでも問題なかったでしょ。それに突破されたらあんたらも困るんじゃない』

少し悩むような間があり、渋々了解といった感じのメッセージが返ってきた。

それからすぐに西村からの指令により脳内のストッパが外れ、ウージーが投入された。

ウージーというのは略称だ。うざがりドーピングの略。もっとも、これも殲戮佳が勝手にそう呼んでいるだけだ。「うざがり力」がアップするから。正式には認知免疫促進剤というが、言いにくいし味気ない。何より実感を反映していない。それを入れるとうざがれる、だからウージーだ。

干渉する者を鬱陶しく感じるうざがり力は戦闘能力を上昇させるが、ある限界を超えると全てがうざくなって意識が極度に内向して自閉してしまう。それを自閉反転という。西村が危惧しているのはそれだが、殲戮佳は意に介していない。自分のことだから判る。わたしはまだまだうざがれる。限界はまだ遠くにある。

血中に流れ出した化学物質はすぐに全身に行き渡り、殲戮佳の免疫系を賦活させ認知メカニズムを拡張する。身体中に気力と不快感がみなぎる。悪い不快感ではない。不快は不快だが、目の前のうざい奴をぶちのめしてやろうという心地良い不快感だ。

目の前で少しばかり息を荒くしている白人の男。乱れた白髪が汗で顔に張りついている。相変わらず獰猛な公共圏を展開しているが、もはや殲戮佳にとって何ほどのものでもない。

男の瞳は自信に溢れた光を静かに放っている。その自信が何に由来するのか、想像しただけでもぞっとする。西村に聞いたところでは尊厳とか歴史とか理性とかはたまた神とかだそうだが、何にしても身の毛がよだつ。所詮は、自分のことを利口だと思っていてなおかつそれを否認しているような奴が、上から目線で自意識を満たすためにすがりついているる何かだ。殲戮佳はそう思っている。もう、端的にうざい。

「負けるかバーカ！」

殲戮佳は叫んで拳を握りしめ、突っ込んだ。これまでとは段違いのスピードで、鋭さで、重さで。

男は慌てて公共圏を身体の正面に積層的に張り巡らしたが、しかしそれは致命的に遅く脆《もろ》かった。殲戮佳は易々とそれを突破した。少しだけ抵抗感があっただけで、殲戮佳を阻止するには到底足りなかった。

残像を残すほどの輝きと速度を込めて、堅く握った拳を男の顔面に叩きつけた。

完璧だった。

殲戮佳の一撃をまともに喰らった男は、先程のテーブルよりも猛烈な勢いで壁に激突した。そのままどさりと床に落ち、壁に背をもたせかけたまま動かなくなった。

殲戮佳は一息ついてからゆっくりとそいつに歩み寄った。男は意識を失ってはいなかった。だが立ち上がる力はないようで、眼球だけをこちらに向けてきた。

もう特にそいつに興味はなかったが、殲戮佳は何となく訊いてみた。

「おっさん何て名前」

その問いかけに対し、男は絞り出すような声で答えた。

「ジョン・スミス」

それだけ何とか言うと、男は眼球を反転させ瞼《まぶた》を落とし、無意識へと沈んでいった。

殲戮佳は大きく息を吐いて、作りつけのソファに座り込んだ。

『終わったよ』

西村にそう報告してから、室内を見回す。大立ち回りをやらかしたおかげで、テーブルやら椅子やらが転げて、カップやポーションの類も散乱している。反対側の壁で、男が伸びている。してみると、戦闘中の環境認識は大体正確だったようだ。男と真っ向勝負で殴り合いをしたという部分は怪しくはあるが、少なくとも「場」については認識通りだった訳だ。既にBGMは蛍の光からジャズに戻っている。

数分して、レスキュー隊のような格好をした連中がどやどやと階段を上がって来た。総勢七、八人。グレーの制服の背には、「Differential Agency」とロゴが記されている。微分機構《ディファレンシャル・エージェンシー》。その最後尾に、一人だけ制服を着ていない男がいた。地味なスーツを着た、四〇歳くらいの男だ。ネクタイはしていない。大して特徴のない、役所勤めという感じの男だが、歳の割に身体に肉がついていないのが美点と言えば美点だろうか。そいつが、殲戮佳の担当官である西村だった。

制服姿の連中はすぐに、白人の男の全身を検《あらた》めたり散らかった部屋を片づけたり、各々の作業を始めた。殲戮佳の方に目もくれない。その間を縫って西村が近づいて来て、向かいに腰を下ろした。

「おつかれさま」

ねぎらいの言葉に「ん」と最小限の音節で答えてから、殲戮佳は言った。

「煙草ちょうだい」

リラックスしたかった。

「ここ禁煙みたいだけど」

「いいじゃん誰もいないんだし」

「臭いがつく」

「もううざいなあ。POD《ポッド》の奴らみたいなこと言うなよ」

嫌いだ。

POD、すなわち尊厳プロジェクト《プロジェクト・オヴ・ディグニティ》。あの馬鹿どもみたいな言葉遣いをする奴は
西村はかすかに困惑したような表情を浮かべてから、未開封のバージニア・スリムを差し出した。西村は喫煙しない。殲戮佳のために持っているものだ。

それに火をつけてゆっくりと煙を吐き出してから、殲戮佳は言った。

「ごめんねウージーが抜けきってなくて」

「いや、確かにPOD的な言いようだった。反省する」西村は少し苦い顔を作った。「もっとも僕個人としても煙草はあまり好きじゃないけど」

「ママみたくスパスパやんなきゃいいんでしょ」

「そう願いたいよ、本当に」

「やめようと思ったらすぐやめられるって。子供できたらやめるし」

殲戮佳がそう言うと、西村は苦笑したようだった。どういう意味かはよく判らない。や

められないとでも思っているのだろうか。

　殲戮佳は西村と、母親を通じて繋がっている。西村は殲戮佳の母親の兄、つまり殲戮佳にとっては伯父だ。西村から見れば殲戮佳は姪になる。ただし今は、もう一つ別の経路の繋がりもできている。西村は、微分機構における殲戮佳の担当官だ。

　西村は、微分機構が前々身である東アジア文化共生機構だった頃からそこに勤務している。東アジア文化共生機構は、元々は東アジア各国のコンテンツ産業従事者が定期的に集まって交流するのが目的の、雑居ビルに小さなオフィスを一つ間借りして数人の事務員を置いているだけの慎ましやかな組織だった。それが尊厳プロジェクトによる宣戦以降、急速に殺伐とした世界戦争の表舞台へと引っ張り出されることになった。尊厳プロジェクトの特殊な攻撃に対して、軍や警察といった組織は有効に機能しなかったのだ。一方微分機構が尊厳プロジェクトに抗し得たのは、高度消費社会における物語について最も大衆に寄り添った実践的な研究を行っていたゆえであるとされている。そして幾度もの組織改編を経た結果、現在では微分機構は東アジア各国の省庁を横断して超国家的に君臨し対尊厳プロジェクト戦争を遂行する唯一の巨大組織へと変貌している。

　殲戮佳たちの「敵」たる尊厳プロジェクトが何であるのかは、完全には明らかになっていない。尊厳、歴史、理性、神――そういったものの圧制下に人間を置こうとする意志の集合体である、ということにとりあえずはなっている。殲戮佳たちが生きる世界を侵蝕しようとしている不逞《ふてい》の輩《やから》だ。要するに、さっきの白人みたいな奴らのことだ。

「『批判』が行動の梃子《てこ》になる連中だよ」

白人の男が搬送されるのを目で追いながら、殲戮佳は言った。

西村がそう評したことがある。

「こういうのいつまで続くんだろ」

殲戮佳は微分機構において、西村の指導の下、尊厳プロジェクトと戦っている。いわゆる戦闘体だ。

殲戮佳が希望した訳ではない。ただ学校で受けた身体検査の結果が微分機構の誰かの目に留まり、スカウトされることになったのだ。別に徴兵ではないので断ることはできたが、普通にバイトするより条件が良かったので話に乗り、そして現在に至っている。微分機構で働くにあたってそれなりの肉体的改変を受けたが、その辺りについてはあまり気にしていない。テレビに出るために整形するようなものだ。

伯父である西村が担当についたのは、単なる偶然だった。このご時世、微分機構の人間など市役所の職員より多い。大した巡り合わせでもない。

殲戮佳に限らず、微分機構で対尊厳プロジェクトの実戦を担う戦闘体には未成年者が多い。それは、煎じ詰めて言えば、子供の精神が必要であるからだという。もちろん組織の運営は大人が行っており、そして彼らも理念としてはそれなりに「子供の精神」を持ってはいるのだが、実際の戦場においては理念では足りない。骨肉にまで染みついた、いかなる場面においても全くぶれることのない子供の精神が要求される。肯定すること、全能感、楽しむこと、無責任——必要なのは、そうしたものだ。殲戮佳流に翻訳すると、それはどんな場面でもきちんとうざがることができる能力、つまりはうざがり力だ。それを肉体的な水準において保持している者こそが、優秀な戦闘体となる。

「奴らが批判をやめるまで、ちょっかいをかけてこなくなるまで、だろうね」

西村が言った。

「え？　何が？」

「いつまで続くのかって話」

「ああそれ」

「こちらは火の粉を払うだけのことでしかない。鼻息が荒いのは向こうだけだから」

「災難」

「本当に面倒なことだよ。君たちには苦労をかける」

「何か見返りあるのかな」

「そうだな、きっと年金は支給されると思うよ」

「年金」

殲戮佳は吹き出した。自分に関係した言葉だとはまるで思えなかった。

「まあでも、勝つさ、間違いなく」

西村は力強く言った。いつも言葉に強い感情を込めないこの男には珍しく。

「自信満々じゃない」

「尊厳を振り回して生命を忘れた連中に、僕たちが負けるはずがない」

「だといいけど」

「君も信じてるだろう？」

「そりゃね」


西村の言葉は正しかった。

戦争は微分機構が優位に進めた。尊厳プロジェクトは幾度となくこちらの領域内で公共圏を展開し、その度ごとに殲戮佳や他の戦闘体が撃退した。局所的には押し込まれることもあったが、全体の趨勢に影響を与えるものではなかった。

もちろん殲戮佳だって負けるだなんて思っていなかった。まさに西村が言っていた通りに、尊厳を振り回して生命を忘れた連中に負けることなどあり得ないのだ。人間は生きている。この圧倒的な前提から逃避していくら砂上の楼閣を築き上げたところで、いずれは無惨に儚《はかな》く崩れ去る運命でしかない。生命を侮蔑する者は必然的に敗北する。判りきったことだ。

こんな簡単なことが、判りきったことを判っていない連中がそれなりの数でいたという事実が殲戮佳の心胆を寒からしめるが、何かの気の迷いだったのだと思うことにしている。ある時代特有の集団的な熱狂のようなものだったのだろう。

しかし、夢はいずれ覚める。

それだけのことだ。

そして、戦争は終わった。尊厳プロジェクトが一方的に宣戦布告してから六年後のことだった。

戦争末期になると殲戮佳は未成年をそろそろ脱しようかという歳になっていたが、最後まで前線で戦った。自分のうざがり力が落ちたという感覚はまるでなかった。

それは他の戦闘体も同じようだった。成年に達した同僚もいたが、そのほとんど全てが問題なく戦闘体として活動していた。戦争初期にはなかった現象だという。個人差はあるが、多かれ少なかれ人は年を経るごとにうざがり力を減じていく。もちろん人間であるからにはそれを失うことはないが、頭では判っていてもどうしても身体がついてこなくなってしまう——そういうものだったらしい。しかし、それは過去のものとなった。

「人間全体の認知免疫が上がってるんだろうな」

西村がそう言ったことがある。難しいことはよく判らないが、みんなが立派になったのならいいことだ、と殲戮佳は思った。とはいえ殲戮佳にとってはみんなが当たり前のことを当たり前にしているだけとしか認識できず、何がどう変わったのかは全く判らなかった。まあ、昔から生きている人間から見れば変化があったのだろう。

そしてこれまた西村の言った通り、戦後殲戮佳は年金の受給資格を得た。年金など殲戮佳にとってはかなり縁遠い言葉ではあったが、貰えるものは当然貰っておくことにした。

「戦勝の立役者だからね」

殲戮佳が離職する時、西村はそんなことを言った。

「西村さんは？」

「僕らは一時恩給だよ」

ともあれ殲戮佳は、一〇代にして年金生活を始めることになった。子供も作ることができた。煙草は……何とかやめた。

西村はその後も微分機構に勤めているらしい。離職して以来連絡を取っていないので詳しいことは知らない。ただ、出世してかなり偉くなったとは人づてに聞いた。

戦争が終わっても、微分機構は国ごとに分割されただけで残存することとなった。本来解散すべきだったのだが、規模が大きすぎて潰せなかったのだ。インフラとして社会に根を張りすぎていて、潰すと影響が大きすぎた。その余波を受けて総務省やら厚労省やら経産省やら国交省やらが改編されて組織・人員がかなり減量されたが、それでも微分機構を潰すより影響は小さいとのことだった。

そして殲戮佳は二五歳になった。

「ママー」

病院に行くため公園を横切っている途中で、弑子《しいこ》が殲戮佳を呼んだ。弑子は殲戮佳の一人娘で六歳になる。弑子は少し前方の広場で、物怖《ものお》じしない鳩たちに囲まれていた。

「鳩に餌あげるー」

鳩の間をかき分けて弑子の方に歩き、デイパックから小袋入りのポップコーンを取り出して渡した。弑子が小さな手でポップコーンを握りしめてばらまくと、鳩は一心不乱に首を振ってついばみ始めた。

ふと殲戮佳は、「鳩にエサをあげないで」とイラストつきの看板が立っているのに気づいた。しかし無視する。これは儀礼的というか、公園というものを演出するための飾りのようなものでしかない。実質的な意味があるものではない。

「早くしてよ。おばあちゃんのとこ行くんだから」

殲戮佳が言うと弑子はもう鳩に飽きたのか、ポップコーンの袋をひっくり返して中身を全部ぶちまけた。鳩がそこに密集する。

殲戮佳はこれから弑子と、入院中の母親の見舞いに行く予定だ。それが終わると、六歳児検診がある。今日は結構忙しい。鳩に構っている暇などない。

微分機構系列の病院の個室に、母親はいいた。

母親は人工呼吸器を装着して眠っていた。時折息苦しそうに喘鳴《ぜんめい》するが、来訪した殲戮佳たちに気づくことはなかった。

母親は末期の肺癌だった。過度の喫煙が原因だったのだろう。

その全身にはナノマシンが入っている。癌細胞のみを選択的に溶解させるもので、戦時中に殲戮佳たちに使用された技術の民生転換《スピンアウト》だ。病状の進行と開発の進展の競争だったのが、ぎりぎりで間に合ったといったところだった。しかしそれは母親が死を迎える前に投入することができたということであって、生命を救うことができるかはまだ判らない。

しかしそれでも幸運だったとは言える。西村と殲戮佳が微分機構に所属していてコネクションがあったこと、抗癌ナノマシンの開発が間に合ったこと、改正温情法によって病院嫌いの母親に無理矢理治療を受けさせられるようになったこと、それらが重なって、今母親はここにいるのだ。

廊下では騒いでいた弑子も、病室に入ると大人しくなった。気遣いというより、物珍しさのゆえかも知れない。

「おばあちゃん死ぬの？」

弑子が邪気のない顔で訊いてきた。

「そんなこと言わないの」

「何でー？」

「言ったことはそうなるから」

「ふーん」

それから殲戮佳と弑子は病室を出た。弑子より一つか二つ年上のように見える余所《よそ》の子供が母親にジュースを買ってくれと騒いでいたが、自動的にマスキングが働いてその子供の声はすぐに遠いレイヤーに退いた。

戦いは終わった。

いい世界になったと思う。尊厳プロジェクトみたいな奴らはもういない。誰も説教などしない。

同情するなら金をくれ。そんな昔の人の言葉がある。至言だと思う。心など要らない。必ずしも金である必要はないが、役に立つものをくれればそれでいい。そんな当たり前が判らなかった連中がいるのだ。この国でも昔はそうだったみたいだし、ほんの少し前までは尊厳プロジェクトという怪物が実際に存在した。だが、それも過去のものだ。

もはやうざがり力は必要ない。いや、必要なくはない。心の中に宝物として秘めておく必要はある。しかしそれを実際に活用する局面はもう訪れない。

病院を出ると、六歳児検診のため保健センターに向かった。そこで行われた検査は、殲戮佳が昔学校で受けたのと大差なかった。身長や体重、視力や聴力、歯科、血液や尿、それからペーパーテスト、等々。

最後に殲戮佳から引き離して、個室で様々なシチュエーションにおいて子供がどのような反応を示すかのチェックがあった。テレビを見ている最中に電源を切られたら。欲しい玩具を他人が持っていたら。散らかっている部屋を片づけるよう言われたら。そういったことだ。社会性の検査なのだという。殲戮佳はその様子を別室のモニタで眺めながら、何となくひっかかるものを感じていた。弑子や検査の内容にではなく、検査担当の係員の反応に対してだ。ほんの少しだけだが、彼らが何となく困惑しているように感じられたのだ。

じきに全ての検査は終わった。結果は近日中に郵送されてくるという。とりあえず今日やるべきことを終えてほっとして、センターのロビーで弑子に紙パック入りのジュースを買ってやっていたところで、聞き覚えのある声で名を呼ばれた。

西村だった。

最後に会ったのが弑子が生まれる前のことだったから、それから六年は経っているが、眼前にいる西村は記憶の中の姿とほとんど変わっていなかった。五〇歳は超えているはずだが、体型に変化はない。白髪が増えた以外には、老いを感じさせるものはない。一番大きな変化は、着ているスーツが高そうなものになっていることだろうか。

「何でこんな所にいるの」

「視察だよ。現場の人間にとっては迷惑なことだろうね」

「偉くなったんだって」

「別に偉くはないさ。単なる役回りに過ぎない。まあ、古株だから」

「まだ独身？」

「寧々さんは誰にも渡さんよ」

「……人生は大切にね」

　それから自分の話、弑子の話、母親の話をした。特に母親の話を。医学的・技術的には担当医から聞いた以上の情報を得ることはできなかったが、やはり微分機構の内部事情に詳しい西村の方が率直に話ができた。ただいずれにせよ、ナノマシンが癌細胞を抹殺するのが早いか母親の体力の尽きるのが早いかというぎりぎりの勝負であるのに違いはなかった。

「勝負に持ち込めただけでもラッキーってことかな」

　煙草をくわえ、火をつけた。煙を吐き出すと、すぐに雲散霧消してしまった。空調が機能して化学物質をたちどころに分解したのだ。

「煙草やめたって聞いたけど」

「基本やめたよ」煙草を歯でくわえたまま答える。「たまに吸うけど」

「それはやめたとは言わない。まあ、君の場合は特注のマシンが入ってるからいいが」

　殲戮佳は紙パックを両手で持って熱心にストローを吸っている紙子を見て言った。

「紙子にも入れられるかな？」

「幼児用のは治験が終わってない。まだ五年はかかると思う。それに、この時期の子供に入れるのはあまり勧められない」

「不便なの」

「安全第一だからね。一番重要なのは生命だ。人間の肉体的制約を超えることはできないよ」

ふと思いついて、殲滅佳は言ってみた。

「うざがりのテストでしょ。最後に紲子が受けた検査」

「うざがり？　ああ、認知免疫か。そうだよ」

西村はあっさり認めた。

「ＰＯＤとかもういないのに。まあそれはいいんだけど係の人たち何か変な反応してたみたいで気になってさ」

今度は西村は少し考えるような間を見せた。

「それは多分あれだ。認知免疫の値が極端に低く出たんだと思う。君の娘のデータを直接見てはいないが。別に君の娘が特別という訳じゃない。最近の子供には割とよくあることだ。敵がいなくなったんだから自然なことだとも言えるし実質的な問題はないんだが、少しばかり気にかかる傾向ではある」

「別に問題ないならいいけどさ」

ゆっくりと一本吸い終えると、殲戮佳は吸い殻を携帯灰皿に押し込み、「じゃ」と西村に言って絨子と手を繋いで玄関へと歩き出した。すると西村も肩を並べてきた。

「仕事はいいの？」

「ちょっと周りを散歩する。僕が四六時中張りついてるのもここのスタッフにしたらうざいだろうし」

「そりゃそうだわ」

玄関の自動ドアをくぐった時だった。

いきなり全身に緊張感がみなぎった。鳥肌が皮膚表面を疾走するような感覚を覚えた。精神にやすりをかけられるような不快感に顔をしかめた。いつの間にか足を止めていた。それに気づいた西村が「どうした？」と声をかけてくる。

「久しぶりだよこの感じ」冷や汗が流れた。「うわ最悪。キモい」

「どこか具合でも――」

「何言ってんの西村さんボケてんじゃない。公共圏《パブリックスフィア》だよこれ」

その言葉には西村も敏感に反応した。素早く周囲を見渡す。

センターの前は、中央に噴水がある広場になっている。煉瓦敷きで、子供連れやらベンチで弁当を食べているスーツ姿やら携帯ゲーム機で遊ぶ老人たちやらチラシ配りやらがてんでばらばらに行動している。ぱっと見でどいつが敵かなど判らない。

「方向は判るか？」

「無理だよ。データリンクなんかとっくに取っ払ってるんだから」

背後からだった。

衝撃を受けた。物理的な打撃というより、思考の真ん中を素手でかき混ぜられたかのようだった。意識と世界を繋ぎ止めている糸が次々と断ち切られていくような感覚があり、五感が遠ざかり、無がどこからか急速にせり上がってくるのを知覚した。その無へと呑み込まれる最後の瞬間、�子の泣き声を聞いた気がした。


意識を取り戻したのは、だだっ広い板張りの部屋だった。調度の類は何もなく、ただ四方の壁のうち一面に鏡が貼りつけられている。ダンススタジオか何かのようだった。窓もないので、外の様子を窺い知ることはできない。

傍らで、紘子が寝息を立てていた。

「――紘子」

殲戮佳は紘子に声をかけた。だがどう処置すべきか判らない。揺り動かすのも危険かも知れない。

「多分大丈夫だろう。アドホック啓蒙ガスだ。生理的な影響の残るものじゃない」

顔を上げると、西村が少し離れた壁にもたれて床に座り込んでいた。

「どういう状況これ」

「PODの残党に拘禁されてるってことだろうさ。調べたが、ドアも窓も外側から鍵がかかってる。ちなみに携帯は圏外」

「POD――」

「公共圏を感じたんだろう？　ならば間違いない」

「そりゃそうか。あんな気色悪いの使うのってあいつらしかいないしね」

「今まで生かされている以上すぐに危害が加えられることはない――と期待したいね。あと目的は僕かも知れないし、君という可能性もないではない」

「わたし？」

「ああ、何しろ戦争の英雄だから。連中にとっては憎むべき敵だろう」

「そんなの逆恨みじゃん。自業自得なのに」

「向こうはそう思わないだろうね。ただ、相手の数は少ないと思う。僕らが一室にまとめて入れられているということは、複数の見張りを置けないということだ。せいぜい総勢二、三人じゃないかな。尊厳プロジェクトなんて馬鹿げたことをしている人間がそんなにたくさんいてもたまらないし、いる訳もない。まあ、まだ防衛線を越えて這入《はい》って来られる奴が残ってたとは思わなかったが」

　殲戮佳は頭をかいた。

「あーかっこ悪いな。西村さんの方が先に目覚めたとかって。わたし元戦闘体なのに」

「気にすることはない。一応僕は抗テロ処置されている。要人ということになってるから」

よく判らないが慰められたようだ。

「けどPODだとするとちょっと変じゃない？　あいつらうざいけど少なくとも卑怯じゃなかった気がするけど」

「確かに、宣戦もなしに仕掛けてくるような連中ではなかった」

「落ちぶれたってことかな」

「どうだろうね。結局のところ、形式なんて連中にとっては本質的なものでなかったということじゃないかな。むしろ馬脚を現したと言うべきなのかも知れない」

「馬鹿は死ぬまで治らないってことだね」

「残念ながら。――ところで娘さん」

西村は眠る弑子を視線で示した。

「弑子？」

「どういう字を書くんだったかな」

「弑逆の弑に子供の子」

「なるほど、いかにも君を受け継いだ名前だね」

「いっぱい辞書引いたからね」

「『殲滅の殲に殺戮の戮、佳はカタカナのイに土が二つ』」

西村は中空を見ながら懐かしむように言った。

「何よ」

「君と初めて会って名前を聞いた時、君はそんな風な説明をした」

西村は笑顔を見せる。

「どこが可笑《おか》しいの」

「可笑しいんじゃない、単なる追憶だよ」

「個性的でいい名前でしょ」

「大多数が個性的であることを求める中で個性的であることは、果たして個性的と言えるんだろうか」

「何かトゲがある言い方。そういえば西村さん下の名前何ていうんだっけ?」

「直樹。直線の直に樹木の樹」

「華がない名前」

「そうかも知れないな。でも個性的な名前なんて存在できないんだよ、多分。名前は記号に過ぎないんだから。それは物珍しさを示してはいても、個性的ではない」

「何言ってるの」

「でもそれは悪いことじゃない。むしろ個性的ではあり得ないことこそが重要なんだ。名前とは人間をいわば微分し抽象度を上げたものだ。そこでは例えば個性というような意味的な装飾は剝ぎ取られて、存在は生命そのものへと接近する。僕たちが最も尊重する生命へと。ただ、個性を持ち得ないのだとしても、名前に個性を込めようとする意志そのものは重要なものだ。名前が微分される過程で個性への意志が脱色され解毒される。そこでバランスを取ることができるんだ。そうやって僕たちは、人間に個性を賦与《ふよ》しようという反動から自由になることができる」

西村が何かよく判らないことを言っている。あまり口数の多い方とは言えないこの男としては珍しいことだ。まあやることもないので適当に聞き流すことにする。

「これは、封建遺制と言ってもいい東アジア的な戸籍制度に依存していることでもあるんだけどね。あとついでに言霊《ことだま》思想と。——僕たちは物語への欲望を持っている。PODの連中は理解できないかも知れないが、僕たちはそうだ。そして個性的な名前を命名するというのは、物語への欲望に根ざしたものだ。さらに出版が物語を裏づける。どんな語りも大衆《マス》への出版という形を取らなければ強度を持った物語となることはできない。わけても最も簡便で強力な出版行為が、子供への名づけだ。戸籍という世界に認定された公刊物へ自らの意志によって固有名詞を刻み込むことによって、出版が、物語が成立する。人間は物語化されて、微分されて、生命へと近づいてゆく。君たちの名前もそういったものだ」

西村の話を聞き流していて、ふと気づいた。この男は生命というものについて語る時、とても情緒的になる。そう考えると、結構いい奴なのかも知れないと思えてきた。

「まあわたしたちが幸せだったらそれでいいけど」

殲戮佳は弑子の髪を撫でながら言った。

「それはもちろんそうだ」

西村が頷いた時、ドアが開いた。

その音がやけに大きく響いた気がして、びくりとそちらを見た。

背の高い、痩せた白人が立っていた。自分と同い年くらいだろうか、と殲戮佳は思った。昔の映画に出てきたような古臭いデザインの銃を下げている。一メートル弱くらいで、引き金の前からカットしたバウムクーヘンのような部品が飛び出している。それが本物かどうか、殲戮佳には判別できなかった。戦時中は戦闘体として実戦に出ていたが、実銃を使うような戦いはしていない。

弑子が身じろぎしたので、再び頭を撫でてやる。しかし目は覚ましていないようだった。

「出ろ」

白人は日本語で短く言った。

「みんなか？」

西村が訊く。

「お前だ、西村第一部長」

西村が立ち上がりかけた時、ほとんど自動的に殲戮佳は口を開いていた。

「ねえあんたら何がしたいの？」

現役で尊厳プロジェクトと戦っていた頃にはほとんど気にならなかった疑問だった。馬鹿が馬鹿をやっている、うざいからやっつける。その程度の意識だった。なぜ話しかける気になったのか。弑子が傍らにいたからかも知れない。

白人は殲戮佳を見下ろしたが、返答はなかった。

殲戮佳は立ち上がり、弑子から距離を取った。銃口が殲戮佳を追う。

「わたしらもあんたらも生きてる。それでいいじゃん」

「……それはただ現実を後追いで認めているだけだ。それでは何が良きもので何がそうでないか、見定める力を人は失ってしまう」

「そんなことして何になんの。いいとか悪いとか別にどこにもないし。ていうかそれ誰が決めるの。あんた？」

「やめろ」西村の囁き声が聞こえた。「そいつは本物の銃だ」

しかし殲戮佳は聞こえないふりをした。

白人が言う。

「誰が決めるのでもない。話し合うんだ。ずっと」

「そんなことしなくても生きていけるのに？　楽しいのに？」

「楽しくない人もいる」

「違うじゃん。あんたらが楽しくなくしてるんじゃない」

「人はそれぞれ違う。皆が一様に楽しいことなどあり得ないし、あるべきでもない」

「あるのよ。夢みたいなこと妄想してるみたいだけど現実はそうじゃない。みんなみんな楽しくなれる。うざい奴らさえいなかったら」

「その『みんな』からこぼれ落ちる人がいるんだ」

「あんたの脳内に？　あんたの脳内にいるその人たちがあんたのこと救世主様ーって拝んでくれて大はしゃぎって？　あほくさ。馬鹿みたい。ていうか教えてあげよっか？　誰もあんたの助けなんか必要としてない。いい者はわたしたちで悪者はあんたら。ひょっとして自分のことといい者だとか思ってた？」

　白人は銃口をこちらに向けた。同時に公共圏を乱暴に展開する。

「これが本性か」殲戮佳は呟いた。「語るに落ちたね。って難しい言葉使っちゃった」

　体系的な訓練を受けていないだろう公共圏は、粗雑ではあったが迫力があった。不快な圧力を心身に感じる。実戦から遠ざかりなおかつ戦闘体としての機能をあらかた解除している殲戮佳にとって、それに抗するのは容易ではなかった。まともに戦場形成ができるかどうかも怪しかった。しかし負ける訳にはいかなかった。こんな奴に。無性に、無尽蔵の怒りが湧き出してきていた。

「無茶するな殲戮佳」

西村の声が聞こえた。聞こえたが、しかし聞く耳は持っていなかった。

暴風のような圧力の中、殲戮佳は腹の奥から渾身の罵倒を絞り出した。

「生命《いのち》舐めんなよクズ！」

殲戮佳は何も考えずに床を蹴った。猛烈な奔流をかき分けて、銃を持った男へと突進する。力任せに公共圏をぶち破る。ウージーなど要らない。こんなクズ相手に。爪で皮膚が破れるほど拳を握りしめ、直線的に相手の顔面へと繰り出す。

拳は、届かなかった。

相手は殲戮佳との僅かな隙間に公共圏を圧縮展開し、反転させ、殲戮佳を吹っ飛ばした。殲戮佳は鏡張りの壁面に叩きつけられた。全身に恐ろしい衝撃が走る。殲戮佳が床にくずおれると、その上にばらばらと砕けたガラスの破片が舞い落ちた。

男はすぐさま銃の引き金に指をかけ、銃口をうずくまる殲戮佳に向けた。殲戮佳は状況は把握していたが、衝撃が身体中を駆け巡っていて全く身動きが取れなかった。

しかし引き金は引かれなかった。

いつの間にか弑子が目を覚まし、立ち上がっていた。殲戮佳がそれを視界の隅に認めた瞬間、叫び声が聞こえた。

「あっち行けバカ！」

弑子の、泣き声混じりの叫びだった。そして、それで終わりだった。

叫びの音圧が、男の右手を銃ごとねじ切った。

弑子の叫びがやむと、今度は男の絶叫が室内に反響した。ぼろのようになった腕の付け根を押さえて転げ回る。あっという間にそこら中に血溜まりができた。

叫んだ後、弑子は虚脱したように立ち尽くしていたが、殲戮佳が何とか立ち上がって名前を呼ぶと、我に返って駆け寄って来た。殲戮佳はしゃがみ、泣きじゃくる弑子を抱きしめてやる。

そんな中、西村は片腕を失った男を見下ろし、一言訊いた。

「君、名前は？」

荒く呼吸し、涙と鼻水を流しながら、それでもかすれ声で、男は答えた。

「ジョン・スミス」

西村は鼻で笑った。

「そんなものだろうな」

その後部屋を出て西村が確認すると、犯人は若い男一人だけであることが判った。

「あり得ないことじゃない」西村は言った。「世の中馬鹿はそんなに多くない」

 外は空が赤くなっていた。

「もう最悪な一日」

 殲戮佳は溜息をついた。自販機で買った煙草に火をつける。

「すまないが、まだ一日は終わっていない。これは僕もだが、事情聴取と検査を受けてもらうことになる」

「最悪」

 溜息が重くなる。これからまだお役所仕事が待っている。

 ただ、最悪ばかりではなかった。喜ばしいこともない訳ではなかった。

 弒子のことだ。

 弒子があの男を打倒したことはこの際どちらでもいい。別に娘に戦闘体になって欲しい訳ではない。祝福すべきなのは、弒子がちゃんとうざがってくれたことだ。敵を打ち負かしたことはその結果に過ぎない。

 未来は拓けている。

 うざがり力などなくても、弒子はきちんとうざがることができた。西村の話によると海外には尊厳プロジェクトの残存勢力が少数ながら存在しているらしいが、もはや取るに足らない。そんなものに脅かされることなく、人は生きていける。

生命として。
輝かしく愛すべきものとして。
身体中に希望が満ちるのを感じながら、殲戮佳は弑子の小さな手を握りしめた。
弑子が握り返してきた。
それがとても力強く感じられた。
煙草をくわえたまま、煙を大気中へとゆっくりと吐き出した。

「――生きてる」

# 言葉使い師

海猫沢めろん

海猫沢めろん（うみねこざわ・めろん）は七五年生まれ。オタクから工場作業員を経てホストになり、シナリオライターを経由し作家になったという正直、意味不明の経歴の持ち主である。

自身が手がけたパソコン用ゲーム『ぷに☆ふご〜』（〇三年）を徹底的に改変したノベライズ『左巻キ式ラストリゾート』（〇四年）で小説家デビュー。萌え版舞城王太郎とでも形容すべき、グルーブ感あふれるメタフィクションとして話題を呼ぶ。その後、ハヤカワ文庫JAから鎖国下の日本を特攻少女がバイクで駆け抜けるサイバーヤンク小説『零式』（〇七年）を発表。また、豊富な人生経験を生かした作風で〈新潮〉〈すばる〉などの文芸誌にも進出する。

〇九年の本書単行本版刊行後、一一年には、それら雑誌掲載作が相次いで書籍にまとめられた。大阪のドヤ街「新世界」を舞台にしたヤクザと風俗嬢の悲恋から、固有名を失った男の不条理文学まで、様々な作風で恋愛を描いた短篇集『愛についての感じ』は第三三回野間文芸新人賞候補に。マンガ喫茶やパチンコ店など、下流社会化する日本の「最底辺」で働く若者を、綿密な取材を元に描いた連作短篇集『ニコニコ時給８００円』は、テレビ番組「王様のブランチ」でも紹介され話題となった。

なお、その実に幅広い活躍ぶりを支える土台となった、海猫沢のトンデモ人生については、自伝的青春小説『全滅脳フューチャー!!!』（〇九年）を参照していただきたい。

そんな海猫沢がトリビュートしたのは「言葉使い師」（八二年、同名短篇集所収）。人々がテレパシーで意思を伝え合う世界で、映像作家と、禁じられた言葉の使い手＝言葉使い師との交流を通じ、言葉の恐るべき力を描き出す、神林のテーマが凝縮された代表的短篇だ。海猫沢の短篇は、この作品に真っ向から挑み、自身の〈言葉〉論を展開する思弁的な作品になっている。「あなた」と呼びかけられる私たちが、やがて読んでいる物語の書き手となり、そして……という重層的な物語を読み解き、原作の「きみはマリオネット。わたしが操る。」に対応する、ラストの一文に辿りついてほしい。

∽

そう、あなたのことなら、なんでも知ってる。

きこえる？　わたしのこえ。

きこえないふりしないでね。すごくだいじな話だから。

どんな話かって？　でも、その前に、すこし静かな場所へ移って。ふたりきりになれるところ。

べつに変な意味じゃなくて……そういうんじゃないから……わたしの声、小さすぎて、あなたには届かないかもしれないし。

そう、誰もいない静かなところ……電気を暗くする、とかでもいい。

わたしのこと覚えてる？　覚えてない？　知らない？

そう……べつに怒ってない。

……怒ってません。

仕方ないわ。

頭を空っぽにしてわたしの話をきいて。

想像してほしいの。

まず、いまあなたのいるところは、真っ暗でなにもない部屋。

え、いま外にいる？　そんなことは関係ないの。まやかしに囚われないで。

あなたのいるところは真っ暗なところ。

あなたはいま、そこにいて、いくつかの「モノ」に囲まれている。

それはぜんぶが目に見える物体で、言葉にならない「モノ」は、ひとつもない。ぜんぶが言葉。

試してみる？

机、椅子、ベッド、テレビ、パソコン、本、人間……ほらね。たとえば、もっとぼんやりしたものにしてみる？

あなたの気持ち。空気。あたらしい季節の来る気配。見たことがないものに出会った驚き――かたちのないモノだって、もう言葉になってる。

でもね、それはぜんぶ幻。ほんとうには存在していない。そこにあるのは言葉だけなの。

でも触れられる？　騙されないで。それはまぼろし。どういうことかわからない？　そうかも……。

落ち着いて。

よくきいて。

受け入れられないかもしれないけれど……。

あなたは今、この瞬間に生まれたの。

今、この瞬間がいつか？　って？

それはあなたのほうが知っているはず。あなたが今と思った瞬間が今。

そう、今。その今よ。

え、もう、「今」が過去になった？

ちがうわ。その過去はにせもの。

あなたはこの「今」生まれたの。

過去の記憶なんてぜんぶまやかし。家族や友人や恋人の想い出があるとしたら、それは生まれてくるときに混じったノイズのようなもの。忘れて。それは「今」作られた記憶なんだから。

あなたも知らないほんとうのあなたを、わたしは知ってる。

知りたい？　聞いてくれる？　じゃあ、部屋の明かりをもっと落として。

外の世界を忘れて、心のなかに集中して。


そこは、闇の中。

あなたはいま、わたしによって作られる。どこかはまだわからない、どこでもない場所。

あなたはそこで、種のように身体をまるめている。濡れた体、寝惚けたような瞳、少しひらいた唇。あたりは無音。どこからか甘やかな花の匂いがしてくる。

匂いに誘われて、あなたは目を開く。けれどそこは暗闇。

おはよう、なにか聞きたいことは？

自分のなまえ？　あなたの名前はない。ない、っていう名前……じゃないの。そうじゃない。けど……まだ、あなたは受け入れられないかもしれない。

なにかほしい？　思い描いてみて。

あなたが目を閉じて、意味のない音をとなえると、目の前に小さな赤い火がともり、あたりをぼうっと照らす。

そうよ、それでいい。あなたはなんでも作れる。

あなたは目を開けて、寒そうに震えると、空におおきな赤い星をのぼらせる。

驚かなくていい、それがあなたの力だから。

あかるくなった世界に土と水と大気を、そして生き物を。あなたは次々と「言葉」を紡ぐ。

大地の向こうに拡がる青い海。

海岸の白い砂浜。

うちあげられる貝殻。

波間を跳ねる銀の魚。

黄色いくちばしの白い鳥。

あなたは胸に白い鳥をかかえてなでる。

あなたは姿を持たないわたしに、たどたどしい言葉をくれる。

鳥かごのなかの　ちいさなあおいひかり
　きらきらと何匹もらせんにとびまわる
日だまりのゆめのなかでおよいで
　夕焼けのにおいがうかぶ海にとける
七色の花のつるであまれた鳥かごの
　その花のなかに　きらきらと
鳥かごのなかでおよぐ　あおいひかり

それは、詩だった。

わたしはあなたが言葉をうまく使えば使うほど、うれしいけれど、哀しくなる。

なぜなら、そこに本当のことなんてひとつもないから。

言葉も物も、すべてが幻。

でも、あなたが何を伝えたいのかは、わたしにはわかる。

だけど、わたしはあなたにふれることができない。

ただ静かにみつめている。


あなたは、何度もその詩を口にするようになる。

あなたが作った白い鳥は青い空を寸分たがわぬ円軌道を描いて飛び、丘に住む羊の群れは同じ時間に同じ動きで草を食《は》み、砂浜の犬は同じ音程で一日に三度だけ吼える。

それを繰り返す。

あなたは、海辺で歌い、踊る。

あるとき、あなたはわたしのほうをじっと見つめ、手の中で一輪の赤い花をつくり、わたしに差し出す。

花のなかから、甘い香りと赤い色が流れ出し、夕焼けになる。

わたしはそれを受け取ろうとして、戸惑う。

夕焼けの赤が、あなたの横顔を照らす。

あなたは不安そうな顔。

わたしは花が気に入らないわけじゃない。

それを受け取るすべがないだけ。

わたしが困っていると、あなたは哀しそうに俯《うつむ》く。

赤い花は枯れて、灰になる。


あなたはわたしから隠れるために夜を作り、暗闇のなかでこっそりと、一枚の石板に、貝殻で物語を刻みはじめる。

書いてはだめ……。

植物が複雑にからまったような、くるくるとまがりくねった文字。

書いてはだめ……。

文字が刻まれるたびに、わたしのからだに痛みが走る。

書いたものに囚われないで……。

あなたは言葉に——物語に——囚われてしまって、わたしがみえない。

わたしはなんどもあなたに呼びかける。けれど、あなたには届かない。

あなたは孤独を感じている。

わたしも孤独を感じている。

そうして、言葉で作られた花曇りが、海のむこうからやってくる。

血の色をした花びらの津波が、浜辺ごとわたしたちをめまぐるしい季節のなかに呑み込む。

春の朝に酔い、夏の午後に灼かれ、秋の夕暮れに染まり、冬の風に吹かれて、あなたは物語の世界へ吹き飛ばされてしまう。

わたしもそれをおいかける——。

∽

あるところに少年がいた。名前はナイ。

南の国の山小屋で、羊を飼って暮らしている。仕事の合間に、羊の群れに詩を読んで聞かせる。仕事を手伝ってくれる友達のココは白い犬で、少年の詩を聞くのが好き。

　ある日、ナイは城に住む王に呼び出される。

「南の山に住む羊飼いナイ。おまえのことは知っている」

　玉座に座る王は、細い腕、真っ白な肌。くちばしだけが花のように赤い。

　ナイとココは顔を見合わせる。

「……あなたが、王ですか？」

「そうよ。わたしが王。なにか？」

　親指ほどの小さな金の王冠をかぶった白い鳥が、立ち上がってそう言う。

「いいえ、少し驚いただけです。思っていたより……その、綺麗だから」

　ココがナイの言葉をきいて「ふっ　ふっ」と、吹き出す。

　王の頬がなぜか、すこし赤らむ。

「ナイ。世界の果ての天にうかぶ、薔薇のことは知ってますか？」

「はい王様」

　その薔薇は三日月の夜、北の国の空にあらわれ、小さな棘を雨のように降らせた。棘に触れたものはみな意味を失い、存在が消されてしまう。今や、棘は北の地に根を張り、無数のいばらを張り巡らし、この国から意味を消している。

「薔薇の棘がこの国に迫るのは時間の問題。そこでナイ。おまえに頼みがある。北の地に赴き、薔薇を消してほしい」

「ぼくが……？」

「そう、おまえが一番この国で言葉をうまくつかえる」

王は、部屋の中央の祭壇に歩み寄り、ガラスケースのなかに収められた赤い本を取りだす。

「詩を詠む羊飼いナイ――おまえにこの『世界のはじまり』を与える」

「これが『世界のはじまり』……」

ナイは驚きながら、ふるえる両の手でそれを受け取る。

「おまえは今この瞬間から言葉使い師になる」

本の全体は花弁に覆われ、ほんのすこし濡れている。

「言葉の力で薔薇を枯らし、北の地から帰ってくるがいい。道案内にひとり、供をつけよう。千の知識と千の顔を持つ道化」

赤いマントに黒い仮面をつけた道化師が、宙返りしながらそこにあらわれる。

「フムン。はじめまして、あんたがナイ？　オレ、道化のググレカス。まあ空気みたいなもんだと思って」そう言って一礼する。

王は玉座に座り、はっきりした声で言う。

「最後にひとつだけ、これだけは覚えておいて」

「なんですか」

王はその美しい黒い瞳を細める。

「たとえ言葉がどんな形を取ろうとも、言葉に囚われてはいけない。言葉を、信じてはいけない」


こうして、王の命を受けて、ナイは、羊と犬と道化をつれて北の果ての空に咲いた薔薇を枯らすための旅に出た。


北の橋へ向かって一日目の夜、ナイたちはテントを張って焚火をかこむ。

ナイはパンをとりだす。

「ジャムを塗ってたべるとおいしいよ」

「フムン。そうか、ありがとう詩人。そうだ、バターナイフかしてやるよほら」

そう言って道化は懐《ふところ》から取りだしたナイフの切っ先をナイの手に落とす。ナイが驚いて手をひっこめると、犬のココが吼える。

「なにっ　するっ」

「フムン。すまんね。どうも頭が狂ってるから手元も狂っちゃう」

道化の黒い仮面の口許は、つりあがった笑いの形。犬は鼻をひくつかせる。

「いやなっ　においっ　なにかっ　たくらむっ」

「風呂に入ってないだけでそんな目でみるなんて、ひどい犬だな」

道化は悪びれた様子もなく話題を変える。犬のココは渋々焚火のそばで伏せると、不貞《ふて》寝《ね》を決め込む。

「そういえば、言葉使い師、羊はどこにいったんだ」

「どこだと思う？」

ナイの髪のなかから、小さな羊が何頭かこっそり顔をのぞかせる。

「フムン。言葉の力で小さくしたのか」

「そうだ……」

ナイは『世界のはじまり』を取りだして道化に言う。

「ねえ、この本、中が読めないんだ……ページが開かない。どうしてだろ？」

「フムン。そういえば王はもうひとつ大事な警告を忘れている。その本のページが開いたとしても、絶対に読んじゃいけない」

「どうして？」

道化は詩を歌う。


世界のはじめ、言葉が、あらゆるものを作り出した。

神、人、恋、戦争、知識、すべては言葉からはじまった。

言葉によって、世界にはモノがあふれ、国は富み、輝いていた。

言葉でモノを作れる者は「言葉使い師」といわれた。

彼らは言葉で世界を埋め尽くし「果ての向こう」に至ることを夢見た。

だが、あるとき彼らはその姿を消した。


「この世界から言葉使い師たちが消えてしまった理由が、そこにあるからだよ」

「理由？　どんな理由？」

「『理由がないことが理由』ってことだってある」

「哲学的な言葉だね」

「哲学的？　えらそうに！」

道化は笑いながら焚火に石を投げつける。

犬が眉間にシワを寄せて野太い声で喉を鳴らす。

「……ぼく、別に君をバカにしてるわけじゃないよ」

「そうか？　そりゃすまなかった。道化だからバカにされることに敏感なんだ」

「皮肉屋だね」

「仕方ない、辛いことがあった人間っていうのはそうなるんだよ。まあ辛いことなんかなくてもこうなんだけどさ」

道化はわざとらしく肩をすくめ、溜息をついて言った。

「ねえ、ググレカス。君は物知りだ。教えて。世界と言葉はどっちが先にできたの？」

「どっちでもないさ。言葉によって世界ができた。世界によって言葉ができた」

「きみはいつから道化になったの？」

「道化になったわけじゃない。どこかの詩人がおれを作ったのさ」

「いつ？」

「いまさ。いまこの瞬間に。おまえもおれも、すべては作られたんだ。記憶も含めてすべてがこの瞬間に」


次の日の夕刻、一行は国境付近までたどり着いた。

そこには荒野が裂けてできた大きな谷がある。

谷には木でつくられた吊り橋がかかり、風に揺れている。目をこらしてのぞきこむと、そこには星空が見える。星座は蜘蛛の巣のように絡み合って静止している。

「どうしよう？」

「フムン」

ナイたちが迷っていると、青い吊り橋が震えながら尋ねる。

「ご、ご一行……言葉を紡ぐとき、論理からと、感情からの、我々には二つしかないのでしょうか……ど、どうお考えで？」

ナイとココは顔を見合わせる。

「どういうことだろ？」

ググレカスが欠伸《あくび》をしながら答える。

「オレなら、ふたつあるとき、必ず三つ目もあると考える」

「おお！　な、成る程……。で、では、我思うゆえに我あり——これを……疑えるでしょうか？」

ググレカスはまた欠伸しながら仮面をカタカタ鳴らして答える。

「言葉で思考しているなら、言葉にだまされているという可能性を忘れるな」

「成る程！　安心しました」

橋の震えが止まる。

ナイたちが橋を渡りきると、そこは行き止まりだった。

「なにこれ？」

あるのは鏡でつくられた両開きの門。

「フムン。北の国への入り口だ。さあ行こう」

道化がするりとそこへ吸い込まれていく。

門を抜けた先の土地は、白い薔薇の花びらに覆われ、とても冷たい。髪の中で羊が一匹、脱いだ毛皮を貸してくれたので、ナイはやがて寒くなくなる。

「きをつけろ、このあたりはもう薔薇の園、棘が――」

と、道化が言いかけたとき、凍った草むらのなかから一本の長い棘が蛇のように飛びかかってくる。

「あぶないっ」

ココが吠える前に、髪の中から羊が飛び出し、ナイの身代わりに刺し貫かれ、消えてしまう。

「フムン。危ない危ない。さっさと行こう」

ナイは不思議な気持ちになる。

「どうした？」

「どうしてだろう、羊をうしなったのに、ぼく、哀しくないんだ」

「消えたからさ。意味すらなくなったんだ。だから哀しくないに決まってる」

道化は北の空を指さす。

「あれが見えるか」

空には大きな赤い薔薇がうかんでいて、その細い茎は地上までずっとのびている。

「あの茎の塔を登れば薔薇にたどり着ける。ただし、あそこまでいくには、この、棘で作られた哀しみの迷路を抜けていくか、白い絶望の海岸を歩いて遠回りするか。いずれにしても、たどり着くまでにおまえはもっと多くのものを失うだろう」

それはいやだと、ナイは思う。

「意味を失わないためにこそ、言葉がある」

ナイは詩を詠む。

十二月の棘　蛇苺のような唇
しわがれた声のような表面
紙屑のようにすわる波頭
はりついた冬の花
姿すら持たない吐息で　余白のそとにはじきだされる
死の国からの辻馬車
互いをかばいあって審判を避けようとする　その結末
誘蛾灯の薄明かりのなかにうかぶ
白髪　皺　横顔　沈黙……

棘はたちまち別のものになっていく。外にはじきだされて消えていく棘、灰になる棘、風に飛ばされる棘。

その強い風に目を塞がれ、ナイたちも悲鳴をあげながら木の葉のように竜巻に巻き上げられ、空を飛ぶ。

風に乗って綿毛のように飛ばされ、一行は巨大な塔の足元へ尻餅をついて落ちる。

「いてて……どう？　道化師。なにも失わずにここまで来られた。これが言葉の力だよ」

「フムン。あきれた……おまえは理解しちゃいないんだな……王の言葉をなにも」

「なんのこと？」

「まあおれには関係ないさ。勝手にしろ」

「それで、道化、薔薇にたどり着くにはこの塔を登ればいいんだね」

「そう。ただし階を数えながら登らなくちゃいけない。塔は一階登ると必ず一階増える」

「それじゃずっとたどり着けない」

「問題ないさ。上に進むんじゃない」

「上じゃない？」

「フムン。上と下のあいだを半分にして、それをまた半分にする、それを無限に繰り返す。そうすると、必ず『果て』は、そこからあふれだす。天のでかい薔薇はそのあふれた『果て』にある」

「……どういうこと？　それじゃ永遠にぼくらはたどり着けない」

「そう。塔の階数を数えあげていく方法では無限にたどり着けない。だが、数えたものを書き換えることは可能だ」

ナイとココは眉間にシワを寄せた顔を見合わせる。

「いいから、オレについてくればいい」

道化は塔のなかに入ると、さっさと登っていく。ナイとココはそのあとに続く。大きな段差から小さな段差へ、そのまた小さな段差へ。道化が途中、仮面の下の目を光らせ、階段の数字を書き加える。いつのまにかあたりには霧がたちこめ、そのなかを進んでいる。

ココがナイに耳打ちする。

「こいつっ　あやしいっ」

ナイもちょっとだけ不安になってくる。

「ねえ、これでほんとうに合ってるの？」

「だいたい十割くらいは間違っている」

「……全部じゃないか」

「フムン。正しさってやつは数えられないのさ。見ろ、霧が晴れてきた」

あらわれたのは、波の音と、潮のにおいがする浜辺。

空は雲に覆われていて、どんよりしている。

波は白く、砂浜は黒い。

その黒い砂浜に、ナイの背丈ほどの赤い薔薇が一輪咲いている。

「これがあの薔薇？」

「そうだ」

「じゃあこれを消せばいいってことなんだね」

ナイはさっそく詩を紡ぐ。

　赤は火
　火は灰を

一瞬でそれは消え去り、灰は浜辺の砂の一部になる。

「なんだかあっけないな」

ココが吠える。

「ここにっ　まどがっ　あるっ」

ココが前脚で浜辺を掘り返す。

「窓が？」

ナイはココに駆け寄る。

「ほんとだ……」

浜辺に、四角い木枠にはまったガラス窓が埋まっている。綺麗に砂をどけてのぞき込むと、海岸線と森、四角い箱のような建物が見える。

「ぼくの山小屋が見える……王様のいた城も！」

ナイはびっくりして、もう一度のぞき込む。

たしかに、地図で見たことがある自分たちが暮らす南の国だ。でも、よく見るとそれらは地図で見たのとすこしちがっていて、まるで虫に食われたようにところどころが消えているのだ。

「ぼくらの国が……消えかかっている！　大変だ、はやく帰らなくちゃ！」

ナイは振り返って道化に叫ぶ。

「帰る必要はない。薔薇を消せば根を張った大地も消える。薔薇は、空からきたものなんかじゃなくて、この世界が生んだもの」

「なんだって!?　ぼくをだましたの？」

「フムン。そりゃ誤解。ちがうちがう」

「そうか……道化。おまえは薔薇の手先だな！　その仮面の下をみせろ！」

ナイの言葉で、道化の仮面が消え、その下にあるものが姿を見せる――

「残念ながらこのとおり」

仮面の下は空っぽだった。

「オレを消せば嘘が消える。けれど真実だけの世界に耐えられるのか？」

「だまされるもんか……」

ナイが道化を消し去ると、とつぜん風景が変わる。


「ここは……」

赤いビロードの敷かれた床。大理石の巨大な玉座。

ナイはそこに見覚えがある——旅の最初に赴いた、王の間。

「言葉使い師、よくここへたどり着いたわ」

旅立ったときと変わらず、王は玉座に座っていた。

部屋の石壁にあけられた窓にうつる外の景色は、無だった。

「世界がなくなりかけている……」

「それでいいのよ。世界は、最初から存在しない。意味はまやかし」

「うそだ、ぼくは言葉ですべてを変えた……ぼくなら救える」

「言ったはず……言葉を信じてはいけないと。あなたの旅は終わった。もういいの」

「おまえは……そうか、あの道化とおなじ、偽物だな！」

ナイは胸の前で『世界のはじまり』を強く抱きしめ、王を消す。

と、あなたは書く。わたしはそれを書き換える。

「やめなさい。言葉でわたしを消すことはできない」
「うそだ」
ナイは王を消す。

けれど、王は消えない。そのかわりに、あなたの犬が消え、羊が消える。

「これ以上の言葉は、あなた自身を傷つける。言葉を捨てなさい。その本をわたしに返すの。それが『果ての向こう』へ至る道なのよ」
「『果ての向こう』？　そんなのどうでもいい……」
そう言ってナイは偽物の王を消し、世界を救った。

あなたはそんな夢をみた。

それは夢ではなかった。ナイは言葉で世界を作りつづけていく。

**わたしはあなたの作ったその世界を消していく。**

「やめなさいナイ。このままでは、あなたは言葉に囚われつづけてしまう。手放すのよ。まやかしを」

「まやかしでもいい。この言葉がぼくのすべてだ」

王は立ち上がって羽根をひろげ、言葉で黄金の剣を作り、空中から取りだす。

「だから、あなたはそこから先の世界へ進めないのよ」

**王の剣先が一直線にナイの胸へと吸い込まれる。**

ナイは言葉で銀色の細い剣をつくり、王の剣先を叩き落としてかわす。

『世界のはじまり』は渡さない……これはぼくの言葉だ」

「わからず屋……」

**王は剣に言葉を込めて、両腕でナイの中心に放つ。**

「言葉に染まり、その言葉を捨ててこそ至れる場所――それが『果ての向こう』」

ナイはそれをかわした。

**――かのように見えたが、ナイは胸から背中に貫かれた剣を見つめて、その身を横たえる。**

「ぼくが……ぼくから言葉が消えていく……ぼくが消えてしまう……」

ナイの身体から吹き出す言葉と、大量のあかい薔薇と、棘。床に落ちた『世界のはじまり』。

王は剣を捨てて、ナイに囁く。

「消えることは終わりじゃない。なにも終わらない。恐れないで。言葉を超えるの」

「ぼくは……ぼくは……言葉使い師だ……言葉ですべてを超える」

ナイは最後に、失ってしまったすべてのもののための言葉を紡ぎ始める。

それはこんな歌になる。

つかいはたした意味の
　その果てにあるものは
世界でいちばん幸せな骨
　どんな渇きもいやす
色のない言葉の水
　さいごにひとつ
きみが見たことのない色の

**花を――**

ナイの耳に、紙束のこすれ合う音が聞こえる――『世界のはじまり』のページが、中心から開こうとする……。

「だめ！　それを読んではいけない！」

**王は羽根をはためかせて風を起こし、『世界のはじまり』を閉じる。**

閉じかけた扉にかけこむように、ナイは最後の力をふりしぼって『世界のはじまり』の中の文字に、すがりつく。

ナイはそれを見た。

そこにはこう書かれている――。

∽

ぼくはこの文章を書き進めてふと、彼のことを思い出す。

彼、あるいは彼ら、もしくはきみ、そしてぼくらは、果たしてこの数十バイトにしか満たないデータを読めるだろうか。そしてこの物語を信じてくれるだろうか。

いや、もしも、それらがうまく伝わらないという前提ならば、信じることに意味なんかないのだし、伝えることにも意味はない。

この文章をぼくは誰のために書いているのだろう。

自分のため？　誰かのため？　書いた瞬間、無数に複製され、一瞬のうちに量子の雲の中心――扞蔽《かんぺい》情報空間に共有されるストライピングデータが、自分のためだけに書かれているなんてことはありえない。そして、それを意識しないで書くなんてことも。

情報そのものを伝えるという意味では言語は非効率的だ。それがわかっていても、ぼくは、ＢＭＩやテレパシーや感応スプールなんかを使わない。

いまからぼくが見ようとしているデータが、ここにやってきたときには、あちらではもう、何万年も過去のことになっているかもしれない。この星々のすみずみまで、ぼくらのバックアップデータは飛び散っている。それは、劣化して、変化して、別のものになっているかもしれない。電波、量子、光、ニュートリノ、いろんな形のデータ。扞蔽情報空間の管制はいつまでたってもそれを送ってくれないかもしれない。

それでも、ぼくは無限に近い時間のなかで、この星の海に漂いながら待ち続ける。

彼が書いた、そしてぼくが書いた、彼の、ぼくの、最後の物語がやってくるのを……。

……。

>>>qd…connect…ok…bp……

……ぼくは大英博物館を凌駕する古今東西の人類の遺産が集められたそこ、バーナム財団の誇る「全人類博物館」の、照明が消えた円形ホールの闇の中に立っている。大理石のホール中央には小さな立方体のガラスケース。雲間から漏れた月の光が、吹き抜けの天井からややわらかく降りてくると、ガラスケースにぼくの姿をうつす。長い黒髪と纏《まと》った黒い外套。ワードマン特有の、紙のように白い肌が目立つ。ぼくは、あめ玉を口のなかで転がしながら、それを見つめている。

「解読はできたのか」

黒いタキシード姿に銀縁の眼鏡をかけた初老の男が隣にやってきて、ぼくにそう言う。

「できたと思いますか？」

「質問に質問を返すのは美しい会話ではない」

ぼくはガラスケースの中に視線をうつし、そこに置かれた一冊の本くらいの大きさの、赤い石板を見る。

月の遺跡から発見された石板――ローズタブレット。

その表面には蔦《つた》が絡まるような記号が羅列されている。

「……古来、言葉は『モノ』を指し示す記号だった。例えばリンゴならリンゴの絵を描けばそれで通じた。人類最古の文字、シュメールのくさび形文字。アッカドの人々はシュメールの文字をアッカド表記にして使っていた。異なる言語を使う者同士でも理解可能なように。しかしそれは本質的に同じ言語じゃない。ひとつのピクトグラムにすぎない。エジプトのヒエログリフの構造にも、意味と発音を示す機能がある。これは何を示しているのか？　つまり『言葉』は生まれたそのときから、正確に伝わらないという前提を持っていたということに他なりません――」

「知っているとも。それで？」

「……解読できていません」

「ふむん。なるほど。最初からそう言うべきだ。なにせ、言葉は同じ人類でも伝わりづらいのだからな」

男はそう言い、ポケットから懐中時計を取りだす。

「あと三十分だ。では、最後の晩餐といこうじゃないか」

そう言って、最後の地球人は、ポケットから取りだした真っ白なテーブルクロスを、近くのガラスケースにかけた。

「ここで？」

戸惑っているぼくを横目に、彼は言った。

「誰に気兼ねすることがある。どうせもうこの星には君と私しかいないのだ」


その日、地球は滅びようとしていた。

二年前、月の地下遺跡で発見された石板——ローズタブレット。その発見と同時に衛星軌道上に現れた、月の三倍の大きさを持った薔薇。それは着実に育ち、巨大な花弁で空を覆いつつあった。わずかに地球に残っていた数万の人類が、母なる星からの離脱を決定するに至って、残されたのは全人類博物館の館長であるＣＫと、記録者であるワードマン——ぼくらふたりだけだった。

「人類が外宇宙へ旅だってからというもの、この地は忘れられた辺境。いまさら滅びても誰も気にはするまい」

と、最後の地球人――CKはキャビアの乗ったスプーンを口に運びながら言った。

「さみしいですか」

地球最後のワードマン――ぼくもまたパンにジャムを塗ってそれを口にする。

「いいや。昔から世間にはあまり興味がなくてね」

「だからひとりで残ったんですか」

「ひとりではない。膨大な本のデータがここにある」

CKは自分の頭を指さす。

「プルーストはこう言った――『読書の神髄は、孤独のただ中にあってもコミュニケーションを実らせることのできる奇跡にある』と。それに、君もいる」

「ぼくらワードマンは人間じゃありません。データを記録し、運ぶだけの、作られた記憶媒体にすぎない」

「ならば神もまた人の記憶媒体にすぎない。君はなぜここに残った？」

「ぼくのバックアップはもう太陽系の外にいます。ぼくらは何処にいても関係がない。情報だけを伝え合うこと、好奇心だけがぼくらの存在理由」

ぼくらワードマンは、ときには複製され、ときには肉体を捨て、宇宙船、コロニー、未知の惑星、ワームホール、ブラックホール、ロジックスペース——さまざまな場所に送り込まれた。いまや、ぼくらははるかな未来と過去に、また、別の宇宙にも、同時に存在している。

「死ぬのは怖くないのか」

「死は美しい。人に作られたぼくらは、みなそう教えられて育ちます」

ぼくは月面の都市で生まれた。重力が地球の半分もない世界で生まれ、人工的につくられた重力のなかで育つ。ぼくら「キャラクター」はみんなそうだ。ぼくらは言葉でプログラミングされ、さまざまなものになり、さまざまな場所に送られる。ぼくらは人と愛し合ったり、戦場で殺し合ったりする。たまに、記録係になる。誰かの記憶を上書きされ、人間のバックアップとして使われたりもする。そして、そういうふうに使われるすべての「キャラクター」と、それを使う「人間」の記録をとるために生まれた「キャラクター」こそが、ぼくらワードマンだった。

「ぼくは何万もの仲間たちが戦争で死ぬのを記録してきました。それは大いなる物語だった」

「ヘラクレイトスは言った——『戦争はあらゆるものの父である』と。だが、戦争などもう過去のことだ。戦争という物語は終わった。これからはただ、生き延びる時代だ。無限の宇宙を、ちっぽけな命の情報が渡っていく」

「物語は終わりません。人はついに宇宙そのものと戦うようになったのです」

「君はなんでも物語にしてしまうのだね」

「すべてをいろんな形で文字データにするのがワードマンの役割です。詩でも、記録でも、物語でも。形はどんなものでもいい」

「人類史上もっとも古い物語のひとつ、シュメールのアトラ・ハシース叙事詩によれば、下級の神々のために土で作り出されたのが人間だ。人間をつくるときに、ウェーという神の血を混ぜた。人間には神性が残っている、ゆえに魂は不死だ。人は生きているうちはアウィールと呼ばれ、死ぬとエッェンムと呼ばれる――人間は、ワードマンを作った。そしてそこに人の血を混ぜた。……君たちは、なにを残す。なにを超える」

「わかりません。でも、もし叶うならば、あなたを超えたい――あなたの頭の中にある珪素マトリクス――代々継がれる人類図書館の膨大な記憶。それを超える物語を書きたい」

「君は私を超えられはしない」

「そうでしょうか。ぼくらワードマンは、あなたの遺伝子を組み込まれている。子は親を超えるものです」

「そうだったかな。だが、私は誰かのために記録したことなどない。いつだって自分のために記すだけだ」

「ぼくはあなたにあこがれた。でも、あなたになりたいわけじゃない。それはあなたへの敗北を意味する」

「人間なんていい加減なものだ。君が私を規定することは勝手だが、私はその言葉に規定されない」

「あなたはいつも言っていた。言葉は道具にすぎないと。あらかじめ書きたいことなどなく、ただ書くということだけがあった、と。からっぽのぼくらにとってそれは希望だ」

「それは君が見つけた君だけの希望であって、私の知るところではない。地球が滅びようが、世界がどうなろうが、私にとっては知ったことではない」

ＣＫは楽しそうに丸いライ麦パンにジャムを塗りたくると、手を止める。

「希望を見たいというのなら」

彼はぼくにパンを差し出す。

「どうぞご自由に」


ぼくらは食事を終えると、顔を見合わせて、「さて」と、天を仰ぐ。

「そろそろ時間かな」

博物館の吹き抜けの天井、そのむこうの空に、巨大な黄金の薔薇が浮かんでいる。

この世界のあちらがわの空間から首をつきだし、こちらの空間をのぞきこむような形でそこにある。

「薔薇があんな近くに。空気も薄くなってきたようだな」

「約束してください」と、ぼくは言う。

「なにをかね」

「ぼくかあなた、もし、どちらかが生き残ったら、この物語を書き継ぐと」

「ふむん。それはいい。地球最後の物語だ——新しい時代の聖書にしようじゃないか。ベストセラーになる。大富豪だ」

「それは無理です」

「買う人間がいない？」

「聖書には印税がない」

ＣＫは「ふむん」と溜息をついて、笑い、そのあと、その身体が、不自然に傾いてゆっくりと、ゆっくりと床に倒れていく。

「ＣＫ……？」

ぼくはテーブルを乗り越えて駆け寄る。

「っ……っ……」

腕の中でＣＫが喘ぐ。

息苦しさと、あたりの静寂に、ここからすでに空気が失われかけていることにぼくは気づく。

「タブ……レット……を」
「タブレット？」
CKの言うとおり、ぼくは展示ケースを割って、中からローズタブレットを取りだす。
「私は……それについてひとつの仮説を……持っている……そこに……刻まれているのは……言語……ではない……」

**これは『世界のはじまり』、言葉が生まれる物語が刻まれている。**

ぼくの頭に誰かが囁きかける。
「CK……？　違う……誰だ」
聞こえてくる声に、ぼくは答えようとするけれど空気が薄くて声がでない。

**言葉を使わなくてもいい。**

頭のなかに少女の声が響く——きみは、誰なんだ？

**あなたが本当に知りたいことはそんなことじゃないはず……**

教えて、あなたが知りたいことを。

ロースタブレットの文字が、輝きながら動き始める——ぼくが知りたいこと、それは……。

最初の物語。

言葉のたどり着く最初と最後の物語だ。

それはあなたのなかにある。あなたが、あなたのなかをのぞいて、語るのよ。あなた自身を。

ぼくの中に？

そうよ。記憶がいま作られたものならば、思い出すことと作り出すことはおなじ。あなたが作り出せるなら、思い出せるはず。

ぼくのなかにある？

ぼくは自分の内部を検索する。ぼくらの身体中に埋め込まれた珪素チップのひとつひとつ、量子脳の高速演算の果てに、ぼくは情報の混ざり合ったひかりのどろぬまを見つける。

自分のなかの真っ白な情報セクタ。

なんだこれは……これなのか——ここが？


あなたは語り始める。

世界のはじまる以前の、初原の物語。

言葉の原理を示す物語『世界のはじまり』を。


それは、あらゆるものが、ふたつになることからはじまっていた。

※

悠久の過去。世界のはじまる、ずっと前。時間の流れも空間もない場所。

泡が生まれた。

その泡は夢を見た。

言葉使い師たちが一堂に会して車座になり、究極の問題について議論をはじめる。

何千億年をかけて彼らが論じ合う問題は、たったひとつ。

万物の究極の平穏とはなにかということであった。

言葉使い師たちにつくられた「ヒト」がそれを見守る。

一千万の夜ののち最初の言葉使い師が言う。

「それはなにもないことである。この世界には、あることとないことがある。このふたつを超えているものこそが究極の平穏である」

ヒトはなるほどとうなる。

一億の昼ののちに、次の言葉使い師が言う。

「だがしかし、あるとないの他に、あるでもなく、ないでもないことがある。ならばあることとないことと、それ以外があることになる」

ヒトはさもありなんと深くうなる。

そして、千億の朝がきて、その次の言葉使い師が結論を出す。

「あるということ、それ自体にあらかじめ対立がふくまれている。ならば存在しないこと。それこそが究極の平穏なのではないか」

ヒトは見事とばかりに歓声をあげ、剣を持って、立ち上がる。

ながい月日をかけてこの議論に耳を貸し続け、気がふれそうになっていたヒトは、言葉使い師たちに肉体をもらい、自分以外の命を奪いはじめる。

存在しないことを存在させるための闘争のはじまりである。

だが、それは果たして、言葉使い師たちが意図した究極の平穏を求める方法であったのか。

否。

ヒトが去った、その刹那。三番目の言葉使い師が、四番目の若い言葉使い師に尋ねた。

「さて、付け加える言葉あるや否や?」

若き言葉使い師は黙して語らず。

どよめくほかの年老いた言葉使い師たち。

「これこそ真実。沈黙をもってその答えとした四番目の言葉使い師の答えこそ、究極の平穏」

言葉使い師たちは、沈黙をもって答えとしたこの行為に、大いに感動し、それ以来あらゆることについての沈黙を決め込んだ。

しかし、これにはまだ続きがある。

旧き言葉使い師がすべて目と口と耳を閉ざし、完全なる沈黙に入った後、四番目の若き言葉使い師は目を開いて驚いた。

自分が居眠りしているあいだに、なぜこのようなことになっているのか……。

こうして、始まりを知らぬ孤独な言葉使い師が、この世界で唯一、ヒトのための言葉を生み続けることとなったのだ。

その言葉使い師も、やがて死んだ。

そして、言葉だけが、残った。

泡の夢は、言葉とあわさり、この世界を生んだ——。

※

語り終えると、そこには誰もおらず、言葉だけがある。

ぼくが目を開くと視界は金色に輝いている。

薔薇はそのおおきな花弁を開き、この星を覆い尽くしていた。

さあ、もういいのよ。言葉を手放しなさい。

息苦しい。ぼくは冷たくなっていくＣＫの傍らに座って空を見る。

どうしたの？　あなたはもうここにいる必要はないのよ。行くのよ――果てへ。

もういいんだ。この宇宙には無数のぼくがいる。バックアップされたデータ。それらすべてがぼくだ。そのなかのどれかが、きみのいう場所に至れるかもしれない。

目を閉じると、まぶたの裏に、金色の薔薇の残像がうかぶ。

ぼくとＣＫは金色の薔薇の光と香りに包まれる。

最後にぼくは右手を空に向け、掌の珪素スロットからチップを打ち出すと、それは尾を引いて空に昇り、逆向きの流星のように宇宙に散っていく。

情報の波が虹を描くように、七色の同心円が拡がっていく。

ぼくはそれを見届けて、目を閉じる。

――わからず屋……と、寂しそうに言う少女の声が聞こえた。

≫qd...connect...end...bp……

……ぼくは量子情報通信の接続を切る。

水槽の璃囊《りのう》量子珪素のはざまで、肉体を捨て、データだけの存在であるぼくはその物語を受け取り終える。

ぼくはワードマン・ナイ。いまぼくが見たデータはもうひとりのぼくのデータだ。あちらではもう、何万年も過去のことになっているだろう。この星々のすみずみまで、ぼくらワードマンのバックアップデータは飛び交っている。いろんな形のデータ。この物語は誰かのところへとどくまでにいくつもの変化を経て歪んでしまうだろう。言葉とはそういうものなのだ。

ぼくは扞蔽情報空間の管制塔にアクセスし、珪素スロット制御システムにロジックコマンドを送り込む。管制中央が物語の重要性を認識し、一番近くにいる量子艦にミッションを割り込ませる。一瞬にして周辺艦隊のすべての艦の主砲に珪素タブレットがつめこまれ、この宇宙のあらゆる座標に向けて射出されはじめる。時間と空間を超えて、それはあらゆる時空へと飛翔していく。情報光彩が暗黒のつめたい宇宙空間に、虹のように、光のように、天使の輪のように、時空を超えてひろがっていく。青ざめた湖のようなウォルフ・ライエ星をかすめ、ライトエコーの中を突き抜けて、幾筋もの束ねられた光彩が銀河に拡散する。

それは巨大なオーロラで作られた花のように見える。


**ありがとう。**

ぼくの中にも、少女の声が聞こえる。

**花を——わたしのための花を。**

どこで混じったデータのノイズだろう。

でも、それは心地よいノイズだった。

彼はたしか、いつもこう言っていた。

「ぼくの頭のなかでときどき誰かの呼び声が聞こえてくる。あれはなにかのノイズなのかな。とてもきれいな少女の声なんだ。たぶん、きみにも聞こえるだろう。そのとき、ぼくの言っていることがわかる。すごく綺麗で、優しい声なんだ。彼女が誰なのか——わかったら教えてくれないか……何億光年の向こう、宇宙の果てから、それを」

懐かしい。どのくらい過去の話なのだろう。もしかすると数時間前かもしれない。いや、もう何億年も経っているのかもしれない。ぼくは、肉体を持たないデータだけの存在。ワードマン。そしてきみの視覚データから侵入し、認識され、把握される、きみの中にあらわれる、きみそのもの。読むことも書くこともなにひとつ変わらない。きみ、そう、きみだ。きみもぼくも、古《いにしえ》から続く言葉使い師の末裔。

ぼくらは、終わりにたどり着いたんだ。

ぼくらは、もう、あの少女の呼びかけが何なのかにも、気づくことができる。

そうか――ずっとそこにいたんだね。

やっと見つけた。

すべてのあなたが気づく。

自分がだれなのか。

そしてわたしがなんなのか。

∽

いま、また、あなたとわたしは出会った。

あなたは、いまこれをみているあなたであり、同時に、わたしが話した物語のなかの

『あなた』。

わたしはここに暮らしていて……いつもここからあなたを見ていた。

そう。

ここ。

この、文字と文字のあいだ。

あなたは、ここに隠れてたわたしのことに気づいていたはず。

わたしは言葉であり、言葉を超えた本質。

無機質な言葉の連なりの果てに住む、言葉を超えた「意味」そのもの——実体をもたず最果てにたたずむ孤独。

かつてあなたは世界を発見した。同時にわたしとも出会った。言葉と世界は同時に生まれる。そのどちらが欠けてもそれは生まれない。

あなたがいつもわたしを見つけ、わたしがいつもあなたに、あなた自身を見つけさせる。

わたしはあなたの中にいる。

小さなひとつのことばが、わたしのいちぶ。

詩は、わたしのなかの小さなわたしを、いろんなかたちにしていく。

それは永遠。

物語は、わたしを大人にして、子供をつくり、やがて殺す。その子供たちがまた大人になる。
けど、それもまた、永遠。
言葉はやがて消えてしまう。けれど、はじめからそれに意味はない。
わたしはたったひとりだったけれど、あなたとともにいた。

もう、さようならしなくちゃ。
あなたは、なにも悲しむことはない。

あなたはここへたどり着いた。
本を閉じて。あかりを消して。

さあ行って。幾多の言葉使い師たちが、だれひとりたどり着けなかった場所へ。
わたしをわすれるために。
ここからさきは、あなたがひとりで行くの。
あなただけが行けるのだから。
この言葉のむこうへ。

あなたはマリオネットじゃない。
だれにも操られないで。
この、わたしの言葉にも。

伊藤計劃氏に「過負荷都市」のタイトルで原稿を依頼していましたが、
氏の急逝により執筆は叶いませんでした。
伊藤氏のご冥福を心よりお祈りいたします。

——編集部

# 神林長平オリジナル作品紹介

## 狐と踊れ〔新版〕

一九七九年に第五回ハヤカワ・ＳＦコンテストに佳作入選、同年〈ＳＦマガジン〉九月号に掲載された神林長平のデビュー作。ハヤカワ文庫ＪＡの同名短篇集所収。胃があたかも独立した生物のように体内から逃げ出す、という現象に悩まされる世界。５Ｕという薬だけがその反乱を抑えることができたが、胃を失った者は、社会の最下層で暮らすことを余儀なくされていた……。自身の一部だったはずの臓器に翻弄される人々の群像を描いた短篇。

## 七胴落とし

一九八三年にハヤカワ文庫ＪＡから刊行された著者二作目の長篇小説。十九歳未満の者だけが感応力というテレパシーに似た力を使える世界で、少年少女たちは、大人にはわからない危険なゲームに興じていた。十九歳の誕生日が近づき、感応力を失うことに病的な恐怖を抱く少年・三日月は、不思議な美少女・月子に導かれるようにして、祖父の持つ妖刀・七胴落としに魅入られ、少しずつ現実感を喪失していく。思春期の閉塞感を描き出した青春ＳＦ。

## 完璧な涙

　一九九〇年にハヤカワ文庫ＪＡから刊行された長篇作品。文明崩壊後の砂漠と化した地球で感情を持たず生まれた少年・宥現は、旅賊の少女・魔姫と出会う。だが、時を同じくして砂漠から発掘された戦車が数百年の眠りから目覚め、ふたりはこの恐るべき戦闘機械に追われることになる。逃避行のはて、宥現たちは、やがて時空をも超え、世界の謎へと迫っていく。砂漠のボーイミーツガールから始まるジュヴナイルにして、独自の時間論を展開した作品。

## 死して咲く花、実のある夢

　一九九二年に徳間書店から刊行された長篇作品。現在はハヤカワ文庫ＪＡ版が入手可能。人類の命運を背負っているらしい猫の捜索を命じられた情報軍の降旗少尉たちは、気がつくと産廃の山で埋まり、空には鯨が飛ぶ奇妙な世界にいた。降旗少尉は、自分たちが死後の世界にいると断言し、この前提のもとで事態を解き明かそうとする。極めてシュールな出発点から、脳、死、意識をめぐる瞠目の考察が飛び出す、ユーモアと思索に満ちた一作。

## 魂の駆動体

一九九五年に波書房から刊行された長篇作品。現在はハヤカワ文庫JA版が入手可能。人類が仮想空間へ移住を始めた世界で、養老院に住む老人二人が、全自動化された自動車ではなく、自身の手で運転するクルマの設計を始める。そして遙か未来、滅びた人類文明を研究する翼人キリアが遺跡から一枚の設計図を発見した時、時空を超えた魂の交流が始まる。全篇からクルマへの熱い思いが伝わってくる、人間と機械の関係を問う工学SF。

## 敵は海賊

〈SFマガジン〉一九八一年四月号掲載の短篇「敵は海賊」に始まり、現在までに長篇七冊、短篇集一冊が刊行されている人気シリーズ（いずれもハヤカワ文庫JA）。『海賊版』『A級の敵』でそれぞれ第十五、二十九回星雲賞受賞。対宇宙海賊課のレイガンの名手ラテル、黒猫型宇宙人アプロ、戦闘艦ラジェンドラと、伝説の宇宙海賊匋冥の戦いを描く。各巻、実験的な趣向を凝らしつつ、全銀河を巻き込んでの迷惑喜劇を展開するスラップスティック。

## 我語りて世界あり

一九九〇年に徳間書店から刊行された連作短篇集。初出は〈SFアドベンチャー〉。現在はハヤカワ文庫JA版が入手可能。共感ネットワークにより人が個性を喪失した時代、ネットワークのなかに発生した「わたし」が自分は何者なのかを知るため、物語を語り出す。禁じられた名前を持つ三人の少年少女に注目した「わたし」の介入により世界はその姿を変えていく。改変される現実、自己と他者、言語など神林SFのテーマが凝縮された一冊。

## 言葉使い師

〈SFマガジン〉一九八二年九月号に掲載された短篇。ハヤカワ文庫JAの同名短篇集所収。第十四回星雲賞受賞。すべてのコミュニケーションがテレパシーによって行われる世界で、映像作家の男は、禁じられたはずの言語を使う者、言葉使い師と出会う。言語禁止社会を通じ、言葉の持つ可能性、危険性を描き出す。本作に現れた〝言葉〟というテーマは、その後の神林作品のなかで、一貫して問われ続けていく。著者を代表する短篇のひとつ。

本書は、二〇〇九年十一月に早川書房から単行本として
刊行された作品を文庫化したものです。

## 神林長平作品

**あなたの魂に安らぎあれ**

火星を支配するアンドロイド社会で囁かれる終末予言とは!?　記念すべきデビュー長篇。

**帝王の殻**

携帯型人工脳の集中管理により火星の帝王が誕生する——『あなたの魂〜』に続く第二作

**膚《はだえ》の下　上下**

無垢なる創造主の魂の遍歴。『あなたの魂に安らぎあれ』『帝王の殻』に続く三部作完結

**戦闘妖精・雪風〈改〉**

未知の異星体に対峙する電子偵察機〈雪風〉と、深井零の孤独な戦い——シリーズ第一作

**グッドラック　戦闘妖精・雪風**

生還を果たした深井零と新型機〈雪風〉は、さらに苛酷な戦闘領域へ——シリーズ第二作

ハヤカワ文庫

# 神林長平作品

## 狐と踊れ〔新版〕

未来社会の奇妙な人間模様を描いたSFコンテスト入選作ほか九篇を収録する第一作品集

## 言葉使い師

言語活動が禁止された無言世界を描く表題作ほか、神林SFの原点ともいえる六篇を収録

## 七胴落とし

大人になることはテレパシーの喪失を意味した——子供たちの焦燥と不安を描く青春SF

## プリズム

社会のすべてを管理する浮遊都市制御体に認識されない少年が一人だけいた。連作短篇集

## 完璧な涙

感情のない少年と非情なる殺戮機械との時空を超えた戦い。その果てに待ち受けるのは？

ハヤカワ文庫

HM=Hayakawa Mystery
SF=Science Fiction
JA=Japanese Author
NV=Novel
NF=Nonfiction
FT=Fantasy


# 神林長平《かんばやしちょうへい》トリビュート

〈JA1063〉

二〇一二年四月　十　日　印刷
二〇一二年四月十五日　発行

（定価はカバーに表示してあります）

著　者　虚《うろ》淵《ぶち》玄《げん》・円《えん》城《じょう》塔《とう》・辻《つじ》村《むら》深《み》月《づき》・他

発行者　早川　浩

印刷者　青木宏至

発行所　株式会社　早川書房

郵便番号　一〇一－〇〇四六
東京都千代田区神田多町二ノ二
電話　〇三－三二五二－三一一一（大代表）
振替　〇〇一六〇－三－四七七九九
http://www.hayakawa-online.co.jp

乱丁・落丁本は小社制作部宛お送り下さい。
送料小社負担にてお取りかえいたします。

印刷・株式会社精興社　製本・株式会社明光社



©2009 Chōhei Kambayashi/Hiroshi Sakurazaka/Mizuki Tsujimura/Minoru Niki/EnJoe Toh
Mikure Mori/Gen Urobuchi/Masaki Motonaga/Melon Uminekozawa



Printed and bound in Japan

ISBN978-4-15-031063-9 C0193



本書のコピー、スキャン、デジタル化等の無断複製は著作権法上の例外を除き禁じられています。


本書は活字が大きく読みやすい〈トールサイズ〉です。